초록인 듯 붉은, 흰 듯 검은 악의 꽃

초록인 듯 붉은, 흰 듯 검은 악의 꽃

엄환섭 제7시집

문지사

그네를 탄다

흔들리는 내가 있다

그네도 번갈아 가면서 흔들린다

그 옆에 그림자가 태어나 같이 흔들린다

땅 위로 땅으로

인위人爲인지 자연발생적인지

하나가 둘이 되고 둘이 셋이 되고

흔들 흔들 이 숨바꼭질이 혼란스럽기도 하고 재미 있기도 하다

그네를 멈춘다

땅 위에 뛰어내린다

땅 위에 드러눕는다

그러다 옷이 더러워진다고 화를 낸다

옷을 털면 된다고 변명을 하는 내가 있어 다행이다

시 쓰는 일도 그네를 타는 일과 같다는 생각이 든다

마음은 항상 조용한 것인데 공연히 그네를 타고 마음을 흔든다

혹은 바람이 불고 혹은 잎사귀가 떨어진다

아, 또 외롭고 즐겁고 시끄럽고 무지한 시의 이상한

뿔 몇십 개 더 늘어났다

2021년 여름의 시작에서
엄 환 섭

차례

2
누가 호수에다 쓰레기를 심는가

3 / 혹은 바람 혹은 낙엽

4 / 비 젖은 꽃잎의 투정

1

커피를 따르는 사람

숨

물 속에 잠겨 있을 때는 숨만 생각한다
마스크를 쓰고 있을 때도 숨만 생각한다
작은 모래알이 될 것 같아
큰 바위가 될 것 같아
헐거워지려는 안구부터 조여야겠어
수심을 알 수 없는 물에 의지할 수밖에
하늘인지 땅인지 알 수 없어
필요한 건 호흡이잖아
떨림뿐인 거친 호흡
무수한 물풍선
손 안에 흘러내리는 구름
달콤한 것은 안개뿐
하얀 파동은 나를 어디론가 데려가려 하고
내가 가지 못한 곳까지 흘러가면서
물결이 사람의 울음처럼 퍼져나간다
물 속은 울어도 들리지 않는 곳
슬픔도 기쁨도 모두 지워지는 곳
밑바닥을 알 수 없는
너와 나의 사이에서 서로 온몸을 끌어올리며
질긴 숨 파닥거리는

물 속 떨림

버린 숨이 다시 입 안으로 들어온다

온도가 다른 목소리가 온몸에 돋아난다

꽃씨를 키우기 위해 꽃이 떨어지나

나뭇가지 마디가 잘려 나갔지만 아픔을 몰랐다
더 자랄 꽃나무가 무거워 허리가 휠 지경이다
휘날리고 떨어지는 말들이 이 거리에 엉었다
사방에 흩어놓은 머리카락에도 햇볕은 멀미를 앓았다
새 눈으로 바라보는 앞날은 새 잎을 가지겠다는 다짐

발밑으로 구르는 꽃잎이 물결을 이룬다
춥고 높은 발자국들이 까칠하고 매섭다
같은 말을 하는 사람들이 모이면 동네가 되고
같은 춤을 추는 동작이 모이면 공연이 된다
늙은 소처럼 어슬렁거리는 휴일에 소풍 나온 아이가 찰랑댄다

흐르는 강물에 떨어져
돌아갈 날 자도 기약도 없이
날개를 달고 수중 발레를 한다

꽃씨를 키우기 위해 꽃이 떨어진다
향기가 멀리멀리 진동한다

낯선 사람의 생처럼

그리운 것은 물렁하고

봄은 역을 통과하는 고속열차

태양의 연필로 그린 그림이 달력 위에 피어난다

지나가는 계절 끝에

눈이 내렸다
쫓겨 간 흔적
질긴 숨

무표정한 눈빛으로 벚꽃이 흩날린다
헤엄치다 흩어진다
지나가는 계절 끝에 하얀 꽃잎이 말없이 부서진다
죽음의 하얀 침대 같다

사람들이 웃으면서 내 집 같이 들어오고
천장이 없는 무언가는
촘촘히 떨어지는 햇빛의 길이다
지나가는 사람들은 내내 다른 표정을 하고 있다

꽃의 심장이 뚝뚝 떨어져 나갈 때
정적을 깨는 새소리가 들렸다

알 수 없는 너와 나

한 잎 두 잎 항해는
끊어진 닻을 버리고 멀어져간다

짧은 봄을 사진 속에 남겨두고
비좁은 길 위에서 길을 따라
꽃잎 안고 노래하는 바람에
버린 숨이 입 안으로 다시 들어온다

이곳에 오면 내가 잠길 만큼
꽃이 피고 꽃이 진다

가로수 꽃은 오래된 시계를 돌린다
사람처럼 길 위에 서서

오목눈이의 짝사랑

하얀 드레스
달이 꺼내놓은 심장 같다

너는 울지 않는데 울고
너는 웃지 않는데 웃고
아무 말 하지 않아도 말을 한다

태양을 집어삼키는 짐승의
고통스러운 숨소리마저 너는 외면하고
무표정한 눈빛으로
밑바닥을 알 수 없는
너와 나의 사이가 늑골까지 환하다

처음과 끝으로 연결된 탁란의 부화
눈물로 하는 뜨거운 맹세

어둠 속 떨림
불 켜진 시간들
불 꺼진 시간들

바람 물
하늘 땅
엑스레이에 찍혀 나온
사진 한 장
내 손바닥에 올려놓고 판독하면
그 속에 네가 있다

너는 단 한 번도 나를 바라보지 않는다
나는 매일 그 속에 있다

나는 뻐꾸기 울음을 매일 연습한다

밥 짓는 여인

찬물에 손 담그고 쌀 씻는 여인
물 속에서 뼈마디 굵어지는 소리가
액정화면 속에서 무음으로 진동한다
할 일이 많은 나날
울음 속에서 꽃이 피고 지고
바가지 속에서 손끝으로 휙휙 넘기는 세상 소식
바가지를 기울이자 웃음소리가 쏟아진다
길게 노를 젓는 구부정한 손마디 위로
아무도 읽지 않은 시간들이 흐른다
설날 인사를 건넨 자식들은 설날 피난을 떠났지
거기에서 밥을 짓고 다음 날에도 밥을 짓고
온기 한 바가지 냉기 한 바가지
부르르 떠는 꿈들
하나둘 손가락 세며
본문 아래 토씨 단 활자처럼 작아지는 목
달력 넘기는 환한 얼굴 따라 실내도 환해졌다 어두워졌다
가난도 씻어 안치던 어린 날의 어머니
만날 일 없는 세상 긴 휴식은 비좁은 감방 같다
그릇을 확 물고 버티는 쌀알들이 부르르 떨고
서로 다른 열쇠로 비트는 시간이
난해한 함수처럼 곤두선다

새봄

나무의 긴 다리가 하늘로 간다
계단도 없다 길도 없다
구름을 밟고 나무의 속도로 하늘로 간다
물 한 잔
바람 한 잔 마시자
몸이 무거워진다
손발이 꿈틀거린다
잎 속에 잎이 피어난다
그러고도 힘이 남아
가지 속에 가지가 태어난다
꽃 속에 꽃이 피어난다
독한 술 몇 잔 마신 봄이
개구리처럼 사방으로 뛰어다닌다
접시를 단단하게 감싸쥔 손이 쨍그랑 부서지는 소리가 나고
접시가 깨진다
접시가 깨지자 소리가 쏟아진다
냄새가 쏟아진다
기나긴 빙하기를 건너 돌아온 날
세상은 아무도 모르게 영역을 확장한다
한 살도 안 된 나비 두 마리
꽃 속으로 들락날락 거린다
밑바닥을 알 수 없는 거친 숨소리들이 요란하다

엉겅퀴

삶의 꽃

욕심 덩어리

끈적하게 엉겨 붙는 쓸쓸함 혹은

허공을 치솟는 화가의 붓

빛깔로 보는 몽상가의 다락방

군데군데 끈끈이는 탁한 식사도 마다하지 않을 식욕이라 할
수 있지

물의 기운과 은빛 햇살들은 단숨에 먹어 치우지

산속에 멈춰선 엉겅퀴

빛조차 바람조차 소멸시키는 일

뻐국 뻐국 새소리도 엉겨 붙는 몸

눈은 영화 포스터에서 나온 총구를 겨누는 사내

찔레나무 사이로 긴장이 간통한다

피는 한 방울도 보이지 않는데 꽃 속에 하늘과 땅을 탐식한
먼지만 가득하다

산속에 헝클어진 영혼들이 잠들고

자홍빛 눈물로 하공을 흔들기도 한다

나에게 다가오지 마세요

이곳에선 이슬도 발톱을 세운다

꽃 속에 가시 옷을 입고

아무도 밟지 말라고 함구를 한다
터지는 꽃망울에서 다짐해둔 언약들
손끝에서 하늘 저물 때까지 서릿발 같은 꽃잎
모래바람에도 흔들리지 않는다

책상은 말했다

책상 서랍엔 쌓인 것들이 많다
나도 그 속에 함께 쌓여 있다
앞으로 한동안 그렇게 쌓여 있을 것이다
겹쳐 있는 게 좋아서는 아니다

옷은 젖었던 순간들을 기억한대
불은 자기를 흔들었던 바람의 강도를 기억한대
발전은 항상 위험을 전제로 한대
잠깐이나 한 동이라는 말은 손금을 따라 흐르는 바람의
색깔이나 소리 같은 것이라 한대

늦은 밤 울먹이다 발밑이 꺼진다
날기도 하고 사라지기도 하는 어깨 꺾인 날은
괜찮다 다 괜찮다 주문을 왼다

손바닥에 차가운 비가 오면
손바닥 온도로 인해 미지근해지다 따뜻해질 거야
사랑이 그러하듯 말이야

한입 가득 굶주림 물고

시장 기웃대니 노상 좌판 위에
팔리길 기다리는 햇사과 한 봉지

봉지에 갇혀 있는 아직 푸른 과일이
한두 평 고시원에 유배당한 젊음 같아
배 속이 꾸룩꾸룩 거릴 때마다
무거운 눈시울에 울컥 눈물이 솟구친다
빈대가 울었다

중심을 찾아가는 노 저을 때
나뭇가지 탁자 위에 척척 넣고 싶은
턴테이블 음반처럼 흑백지도처럼
저 하늘에 별을 총총 심는다

징금돌

　내 집 천장은 발바닥 밑이다

　나는 기나긴 몸짓이다 흥건하게 엎질러져 있고 그렇담 액체인
걸까 고체인 걸까 아니지

　몸둥이도 아닌 것이 엿판도 아닌 것이 어디로 흐르지도 않는
것이 시간도 없는 것이

　결국인 걸까 물컵을 엎어 둔 것처럼 나는 그대로이다

　뼈째로 빠져나가고 뼈째로 남아있다 작살을 쏘아대도 퍽
하는 소리만 날 뿐 아프지 않다고

　살아있다고 마냥 기뻐할 수 있을까 쓰레기 집도 장미 집도
하나 없는데 미움도 사랑도 생기지 않는데 살아 있는 생명이라
할까

　나는 언제 나에게 익숙해질까 귀가 없는 적막에 태풍이
건너간다 이슬이 떨어진다 사람이 나를 밟는다 개미가 나를
밟는다

　아직 이야기는 시작도 안 했는데 채식을 생각한 나는 넓은
들을 보고 앉아 사과나무를 보고 싶다

　나의 몸이 다시 시작되고 입을 벌려 말을 하려고 해도 입이
없다 달콤한 딸기즙 같은 말을 하고 싶은데

　적막의 행방은 항상 나에게 있다

　미래는 나에게 무엇을 속삭일까 문을 열면 문이 없다

　나는 세상에 길이 되지만 정작 나의 길은 없다 더 많은 길이
궁금해진다

꽃핀 산수유 가지가 지지직 그린다 풀어 놓은 꽃잎 사이로
나비가 헤엄친다

항상 있어도 항상 없는 몸 침대가 눅눅하다 나는 건조해 질
수는 없는 걸까 누가 뚜껑을 열어 두었나

항상 미끈거리는데 내 속에 나는 살지 않는다

적막이 눈 귀 코 입 혀를 닫는다

입을 악문다

바람도 물도 몸에 새긴다

나는 단단하고 매끈한 결을 내어주고 항상 배회하지만
귀하고 하찮고 바쁘고 심심한 것들의

색을 모두 섞어 딱딱하게 길을 다져놓았다

뱀을 배 위에 얹고 편하게 잠을 자는 나는 인간이 아직 맡지
못한 단단한 숨이 내 속에 있다

말랑한 것과 껍질은 오고 가는 것이라 시차가 있다 나는
아무리 허물어지고 싶어도 허물어지지 않는 걸까

손발 안에서 흘러내리는 구름 물 달콤한 것은 물렁물렁
거리는 수초뿐이다

그럼 말 많고 구린 세상 발밑을 조심하라고 뿌연 안개가 너무
많아 앞이 보이지 않을 땐 나도 책임 못져

집을 놓치다

　신발만 신고 맨몸으로 베트남으로 가버린 어머니 푹푹 빠지는 도랑을 지나 집 나간 아버지 해가 몇 번 바뀌어도 돌아오지 않았다
　할아버지는 정성을 다하는 것이 어떤 것인지 보여주고 싶었었다
　내가 너에게 손을 내밀 때 정성의 뿌리는 내리는 것이라 한다
　아버지는 뻐꾸기가 되어 무엇을 위해 그렇게 성실하게 울고 있었나

　냉장고를 믿어서는 안 된다
　문을 닫는 손은 열리는 문을 가지고 있었다
　옆집은 멀어질 수 없어서 옆집이 되었다
　다리라는 건 주저앉아 버리면 바둑판처럼 되어 팔꿈치를 들고 밥을 먹었다 이보다 더 깊은 바닥은 없었다
　할아버지 집 벽에서 축축한 냄새가 났다 곰팡이들의 악취축재 남루함이 죄었다
　할아버지가 다리 없는 상처럼 앉아서 흘러내렸을 때
　나는 다른 집으로 이동했다 할아버지와 마주치지 않는 방향으로
　지붕의 새가 휘파람을 불었고
　집이 저물어 풍차를 기다리는 바람이 되었고 시간이 있는 말이 시간이 없는 말이 되었고

그 말이 이 말에 저물고 이 말이 그 말에 저물었다

저물지 않는 것은 모두 휘파람을 불었고 휘파람이 저물면 달과 나무 사이로 날아갔다

이파리와 이파리 사이에 있는 사과가 하품을 했다 금방 울다 지친 듯한 달이 뜬 밤에 낯설은 뻐꾸기가 울었고 나의 뻐꾸기는 울지 않았다

할아버지 집 굴뚝에는 더이상 연기가 피어오르지 않았다

나는 고아원에 신발을 옮겨놓고 두리번 두리번거리는 게 병이라는 것을 알았다 우선 헐거워진 안구부터 조여야겠다 손끝으로 불러내는 사람들 사랑이 너무 쉽잖아요 방마다 형제가 늘어났다 문이 늘어났다 손잡이를 잡아 돌렸다 집이 합쳐 집을 막고 방이 합쳐 방을 막고 길이 합쳐 길을 막았다

이 집을 나간 것은 개뿐이었다

상자 속에서 자고 있으면 더 많은 상자를 쌓아 올린다 얼굴을 뚝 뚝 바둑알을 놓듯 놓는다 나는 벽에 갇혀서 안부를 전할 곳이 없다 새파란 싹이 자라는 감자를 도린다 어둠이 낀 뒤에서 나를 부르는 소리가 들린다 옆방 아저씨가 쿵쿵 벽을 내리쳐도 뻐꾸기는 울지 않는다

나도 모르는 나의 뻐꾸기는 언제 또 성실하게 울까

길모퉁이

잘못 꾼 꿈이 지워지지 않네 온몸을 지우개로 박박 지우면
보글보글 어둠이 생기네 어둠은 어디선가 필요로 하겠지만
일단은 지나가는 뜬구름을 낚아채 통째로 집어넣어야 해 고양이
구름 강아지 구름 엄마 구름 아빠 구름 수시로 얼굴이 변하면
납득시킬만한 꺼리가 필요해

악! 악어가 입 딱 벌리고 달려와 나는 죽는 줄 알고 간이 철렁
했어

꿈에서도 폭우가 내린다는 사실은 거짓말이 아니야

눈을 감아도 눈을 떠도 습한 인연들 내 안에 머무네

길은 직선일수록 자신만만하겠지만 내 길은 곡선이라
나태하거나 느선하다 나는 망설이고 배회한다

어느 날 바람이 사라지고 구름이 딱딱해지고 자외선은 더욱
팽창했다

보이는 게 없으면 모두 함부로 대한다 그런 날은 그늘을 만드
는 연민이 필요해 연민을 위해 죽은 나무를 보았다는 목수가
있다

땡볕이 그늘을 끌어안은 길모퉁이 누군가 내다 버린 작은
애완견 한 마리 오목한 모퉁이가 개까지 끌어안고 혀를 길게
빼고 앉아 가쁜 숨을 몰아쉰다 개도 졸고 땡볕도 줄고 온통
더위에 지치는 건 허리 접힌 모퉁이 뿐

무거운 세월 구부정하게 이고 지고 허리 한 번 못 펴는 외로움이 맨몸뚱이 어둡게 하고 맨발바닥까지 어둡게 한 뒤 급기야는 사방까지 어둡게 한다

먼지 낀 길, 허리에 두르고 가마솥 더위에도 제 몸의 그늘을 짊어지고 먼지 수북한 그리움까지 견딘다
모퉁이 부딪쳐 돌아온 긴 땀 냄새가 뒷목을 핥는다

이제 어둠이 싫어 아무리 털어도
끈끈이처럼 온몸에 달라붙어
밑줄도 하나 없는 어둠에 갇힌다

나무들이 어둑한 걸음으로
긴 그림자 시냇물 속으로 들어가면
하루 시간을 제도한 긴 자 같다

빛의 마지막 꼬리뼈가 수면의 고리를
낚아 줄까 낚일까 긴박하게 입질하고
자연스럽게 때론 엉성하게
누워있던 길모퉁이는 뻘떡 일어서서 제 넋을 촐렁인다
이곳에서는 누구나 잠길 수 있을 만큼의 그늘이 있다

출산

소리 없는 비명이 난무한다

나는 병원 침대에 누워 창밖 나무들을 바라본다 이끼가 돋은 나무의 몸을 타고 오르는 개미떼가 보인다 개미는 입으로 발로 나뭇잎을 죽은 유충을 하얀 알을 바들바들 어디로 나르고 있다 어제 들른 병원에서 의사는 감싸고 또 감싼 얇은 알 속에 신생을 모니터에 펼쳐 보인다 의사는 늙은 족장이 내뱉듯 주술처럼 풀밭에 목책이 있고 일사불란한 아침 저녁의 양몰이 과정이 있단다 맑은 요일은 유충의 거품이 풍성하단다

나는 개미

내 뱃속은 독이 가득해서 세균이 살 수 없단다 거친 세상 독이라도 품어야 살 수 있지 않겠어요 손발 없이 귀머거리로 사는 짐승은 없거든요 의사의 의미심장한 말

너와 나를 통과하는 바람 물 나는 단지 좋은 날만 예감할 뿐이다 우리는 사랑을 하니까

내 앞에 당신이 수많은 시간을 지나고 지나서 나무가 되어 동구 나무처럼 서 있다가 내 배 언저리에 구르는 얼룩이 되고 점이 되고 한순간 숨 따라 우주를 떠돌던 별이 아니 또 다른 당신이 나를 훅 더듬기 시작한다 그 뒤 씽긋 웃다가 앙앙 울다가 자연스럽게 때론 엉성하게 입을 짝 벌리고 다문다 매끄럽게 뻗어 들어오는 손짓발짓이 사라지다 나타난다 개미는 물고기가

된 꿈을 꾼다 붉은 호수에 물고기 한 마리 물이 밀어내는 물의
힘으로 물고기는 구름보다 높이 날아오른다 노을을 끌고
험난한 바다를 횡단하기도 한다 하늘에는 시대와 생사가 다른
별들이 악착같이 빛나고 있다 나는 개미가 되고 물고기가 되고
인간이 된다

나는 저기 저쪽 해 좀 보라고 여유 있는 척 오늘은 날씨가
좋은 날이라고 말하려 했는데 쏠린 피가 뒤통수로 터져 나올
것 같다 가는 손가락 마디마디가 쑤시고 찌른다 밑바닥을 알
수 없는 고통에 으어어억 하는 사이 귀가 펄럭거리며 미역 같은
머리칼을 얼굴에 감은 채 비명을 마구 지른다 습관의 힘으로
버티는 고통은 곧 바닥날 안간힘이겠지 늑골에 서리가 맺히는
듯 쫓긴다 딱! 뚜껑을 딴다

대야에 붉은 피가 고인다 숨과 피가 오가는 사이 신생의
입에서 울음이 터진다 엉아 엉아

전화벨이 연신 울리고 나는 힘없이 떨어뜨린 손으로 볼펜을
찾는다

내 밑은 생각보다 깊고 어둡다 어두운 공간으로 시선을
들이밀기 시작한다 땅을 파고 몸을 숨기는 개미의 본능이다

아직 얼얼하고 양다리가 일그러져 있다 그리고 익숙하고

편안하다 벌리고 누운 두 다리가 따뜻하다 길고 길었던 여정이
이처럼 소란을 피우다 한순간에 요약되다니

하늘은 별을 출산해 놓고 천천히 빛나기 시작한다 둥근 시간
을 돌아 우리에게 손님이 찾아왔다 나는 몸을 부르르 떨었고
당신의 입술이 내 속눈썹까지 닿을 때 나는 모감주나무나 후박
나무인지도 모른다 숲의 냄새가 일렁거린다

아이의 눈에서 검은 개미 눈알이 반짝인다 나무의 몸을 타고
오르는 붉은 개미 한 마리 내 젖가슴을 핥는다

양철지붕

허공 속의 자궁에서 태어난 비
힘들고 지친 자들의 울음을 파먹으며
온몸을 먹구름 속에 들어가 수만 번 휘젓고 뒹굴고 멍들어
망가진다
온몸을 다 젓고 다 버리고 나서 쏟아진다
허공을 두드리고 나무를 두드린다
푸른 갑옷을 입은 땅을 두드린다
천지에 퐁당퐁당 모내기를 한다

영락없이 옛날 양반이 돌쇠 경치는 소리
파장머리 삭발하는 가위소리
더덩실 허풍 치는 우리 아재 웃음소리
오늘은 모두 다 헐값이다
쐐쐐쐐 철판 두드리는 소리가
앞산 뒷산 넘어가며 구불구불 빗발친다

골목 끝 함석집에 벙어리 부부가 산다
앞마당을 온종일 호미로 두드리고
등 굽어 바람 빠진 공처럼 몸을 말아도 그 속이
양철처럼 얇다
조금씩 흐느끼듯 울어대는 빗소리에 양철 지붕은 시끄럽다
빗물로 화장하고 난타 공연을 시작한다

금고 비밀번호와 공휴일 내력

저 열리지 않는 금고의 무게는

저울에 올리면 얼마나 될까

직선의 방식에도 네 모서리마다 아무도 알지 못하는 비밀과
어둠을 지녔다

공휴일엔 계란판의 반쪽이 비어 있다

수고하고 무거운 짐을 진 자들이 배를 채우고 우연한 기회에
우연히 우유를 따르고 매달리고 누워있어도 앉아있어도 부
드러운 우유빛으로 물들었다 우유와 계란이 합해지면 더 고급
스러운 기대감이 증폭할 것이다 당신은 공휴일에 우유를 따르고
있다

그런 거잖아요 문밖 골목에도 우유가 흐르고 우유에 발목이
젖고 몸이 젖고 그 우유가 흐르는 골목은 따뜻하다 여기서도 저
기서도 우유를 따른 당신이 출현한다

당신의 손은 항상 따뜻하다

모든 가게의 비밀은 금고에 숨어 있다

딸기는 달콤한 맛으로 붉고 싱싱한 장미꽃 이파리는 푸른
초심을 잃지 않아서 붉게 부풀어 오른다

공휴일은 일이 없는 날

일이 없는 날은 직장을 가지 않는다

공휴일 거리는 밥을 먹지 않아도 배가 부른다 공휴일 회계법

은 마이너스가 원칙이다

　먼 곳도 가까운 곳도 기도로 술렁이고 감사한 마음 저울 위에서 파르르 떨리는 눈금 같은 것 열리지 않는 금고의 무게는 책에 밑줄을 긋고도 알 수 없는 여운 같은 것

　금고 속은 아무도 모른다 함축된 비밀 숫자는 모호하고 신비스럽다

　결국 부서져야 열릴 것 같다 이리저리 굴러도 안개만 자욱하다

　몇 개의 숫자가 섞인 문짝은 처음부터 비밀만 내부로 간직한 채 요지부동이다

　열고 싶지도 열리지도 않는 무게는 천근만근 중얼거리는 기도의 말에 해가 따라 온다 빈 것과 열려 있는 것들만 보라고 남을 위해 금고에 넣을 때 모두를 위해 금고는 열린다는 교범이 있단다

　한 번도 깊고 깊은 금고를 보지도 못하고 열지도 못한 날 공휴일

　쌓여 있어 구린내 나고 지린내 나는 아랫도리가 축축한 것들 엉덩이에 귀가 눌리고 입이 눌려서 소음이 시끄럽다 서로에게 짓이겨 생긴 더 독한 냄새가 난다

　오후 정원 식탁에 둘러앉았다

김 씨가 자전거로 달려서 시간외 수당 받은 돈으로 살구를 한 봉지 가지고 왔다 씻고 골라서 소반 위에 올려놓는다 그때 살구 한 알이 탱탱 바닥으로 굴러가는 것을 본다

짓무르지 않은 것들은 저렇게 굴러가서 금고 같은 땅에 떨어져 내일을 위해 꼭꼭 숨어서 살려고 하는 것일까

저 홀연하고 기이한 몸짓에 비어 있는 허공까지 무거워진다

길을 먹는 목련

하얀 새가 허공을 끌고 가다
문득 멈춘 자리
잠든 척 모로 누운 근육질의 사내
앞가슴 매듭 풀린 봄이
고요한 듯 부산한 듯
흐억 흐억
제 입김 불어 넣느라 하얗게 길 위에 지지직거린다
시리게 언 뼈마디 짐승처럼 우는 사내
세속으로 이어지는 길만 왜 가는가
느낌표 혹은 쉼표로 세상 다시 가름할 때
하얀 그 눈빛 낯이 익어 걸음 멈춰 봤지만
난시가 깊어졌나
지나온 시간만큼이나 가지 친 목련
사방이 하얀
길인 듯 꽃밭인 듯
질척한 생의 언저리
사내의 팔뚝 정맥에 하얀 꽃잎이 꿈틀거린다
바람의 뒤를 쫓다 무릎 깨진 구름처럼
구름 위로 날던 흰 새들이 먹이를 찾는지 하나 둘
하얗게 길 위로 미끄러진다

커피를 따르는 사람

창가에 앉아 커피를 따르고 있었다
당신은 조용히 그것을 따르고 붉고 검은 커피가 쏟아졌다
입은 옷이 붉고 검고
빛이 나는 곳은 밝고
빛이 없는 곳에서도 커피를 따르고

우연히 인사를 나누고
우연히 커피를 따르고
다음 날에도 커피를 따르고
매일 성실하게 커피를 따르는 게 지겹지 않나봐
그곳은 따뜻하고 붉고
그곳에서 당신을 지켜보고

어떤 날은 책을 펼치는데 커피를 따르는 당신이 나타난다
TV드라마에서도 커피를 따르는 사람이 등장한다
당신 주변에 붉고 검은 빛이 쏟아지고
세상이 낡고 세상이 어둡고
커피를 따르는 탁자는 꿈이라는 단어를 떠오르게 한다
창밖을 보고 콧노래를 흥얼거리고

커피를 따르고 여기서 커피를 마시는 건

여기를 떠난다고 하는 것

붉고 검게 차오르는 잔이 가득해 지고

열 번을 쳐다봐도 한 잔

한 번을 쳐다봐도 한 잔

실내는 따뜻하고 눈부시고 탁자 밑에 닳아빠진 내 구두만
어둡다

창밖은 목이 붉고 검고

골목이 붉고 검고 거리는 조용하다

눈이 온다

검은 눈이 하얗게 쌓인다

누가 파놓은 구덩이

연못은 누가 파놓은 구덩이입니다

오리가 연못 속으로 걸어 들어갑니다

들어간 발자국과 나간 발자국

눈이 녹고 있습니다

결빙으로 연못이 닫히고 방수까지 되는 시간

온몸을 뒤뚱거려요

애인이 있습니다 흐르는 물에도 구르는 돌에도 애인이 있습니다

사랑하는 사람과 애인은 같은 말이 아닙니다

누치를 끌어 올리는 그물처럼 서로 엮고 있습니다

뼈가 없는 것들은 가라앉고 허물어지고 흘러간다는데

사흘 밤낮 찬바람이 짜낸 씨줄과 날줄로 온몸을 칭칭 감습니다

마냥 흘러가긴 싫어 꽁꽁 얼다 풀리다 솟구치다 가라앉는 것이 생

빙판 위에 비뚤비뚤한 오리 발자국

얼음이 된 물은 빛나는 보석

거대한 물의 심장을 올려놓고 연못은 물의 아름다운 무덤으로 환생하고 있습니다

작은 오리 발자국에 파란 하늘이 담겨 별이 빛나고 있습니다

연못은 크레파스 여기저기 온통 그림을 그리고 다닙니다

허기진 햇빛이 정수리 위에 어른거리는 오후 2시

우리는 물 속에서 태어나 물을 먹고 살아갑니다

누가 파놓은 구덩이 속에 작은 방이 있습니다

결빙된 시간을 깨고 수면 속으로 들어가면 방문이 열리기 시작합니다

살아있다는 걸 확인하기 위해 벽을 두드려보듯 두 날개를 움직여 물의 파동을 느껴봅니다

물 속에서도 장난감은 많습니다 무엇이든 가지고 놀고 싶습니다

물로 책상을 짜고 침대를 짜고 이불을 짜고 싶습니다

고장난 장난감 체인을 오래 매만지고 있으면 자전거가 꿈틀꿈틀 굴러갑니다

너 또 방 안에서 무슨 짓하니

책상에 발이 걸려 넘어집니다

닌텐도 게임을 하다 깜짝 놀랍니다

앞으로 뒤집고 뒤로 뒤집고 이리저리 뒤집으며 제 몸에 딱 맞는 표정을 찾습니다

집과 집을 잇는 고압선들까지 모두 흙먼지를 껴입고 잉잉 소리치며 질주합니다

매미가 탈피할 껍질을 강제로 벗기면 기형이 될 가능성이 높습니다

연못 속에는 애인이 있습니다 서로 등을 맞대고 서면 둘이 하나처럼 딱 맞아떨어지면 좋겠습니다 엄마가 꾸짖으러 옵니다

친구에게 전화가 걸려와 다행입니다

2

누가 호수에다 쓰레기를 심는가

누가 호수에다 쓰레기를 심는가

어떤 호수에서는 꿈이라는 단어를 떠올리는 것만으로도 죄인
이 된다

하늘이 문을 연다
폭우가 내린다
절벽을 깎는 물 울음
붉은 물결 그 파랑에 밀려
길 따라 강 따라 흘러온
호수에 길게 드러누운 선착장 같은 쓰레기 밭
깨져버린 창문처럼 화르르 무너져 내린 뜻 모를 그 심연
너는 죽은 나뭇가지와 강물에 둘러싸여
초록인 듯 붉은, 흰 듯 검은 악의 꽃
온몸을 곧추세우고 혀를 길게 베어 문 스치로폼 비닐봉지
손발 잘린 장난감 의복
물귀신보다 더 무서운 이 쓰레기들은 아무도 모르게 각처에
서 흘러왔을 것이다
오늘의 당신은 눈물 대신 검은 유분을 품고 호수에 길게 누워
있다
기름종이나 파우더로는 감당 못할 수면에 수 많은 잡티들
가만히 고여 있는 건 더 불편해
지느러미를 툭툭 치며 물 속에서 튀어 올라 서로서로 몸을

붙여 쓰레기 떼를 이루어 결사 항전 중인 듯 밤마다 별을 보는
푸른 호수에 괴이한 몸짓으로 악플을 단다

　　몸과 마음을 갖지 못한 것들이 사람같이 주저앉았다 일어섰
다 너울너울 도깨비춤을 춘다

　　찢어진 양모 카펫까지 깔려있는 호수는

　　우리가 사는 세상 이야기를 총천연색으로 방영 중인 듯

　　중얼거리는 네 목소리와 독보적인 네 눈이 도시와 마찰할 때
호수는 변태기

　　몇 겹의 심장 속에 반쯤 썩은 인간의 양심들이 변사체로 둥둥
떠오른다

　　출렁거리는 호수 위에 쓰레기 우는 소리가 비명을 지른다

　　글쎄 이 장면이 없어질 때까지 곤히 잠들면 되지만 물고기
들이 가쁜 숨을 헐떡거린다

　　지금 호수는 읽다 만 책처럼 우리의 꿈까지 접는다

　　호수 뒤로 쓰레기 퍼 올리는 굴삭기 소리가 지축을 뒤흔들고

　　나는 뜻 모를 심연에 빠져 현기증을 앓는다

　　헐겁게 돌아가는 세상의 나사들이 풀어져 호수는 끊임없는
신경통을 앓는다

장대비

그물에도 걸리지 않는 그대의 무거운 표정을 본다
파도 소리 스며있는 구름의 속살들
어디쯤 가고 있나 하늘 속에 강줄기들
어쩌다 등뼈까지 삭아 이토록 흐물흐물한가

치매병원 외할머니는 사막을 건너다 강을 건너다 정신을 놓고
오늘 입은 외투의 스타일에 대해서 말도 많고 탈도 많다
빛살문양 구름문양 뭉게구름 먹장구름 이름마다 바람으로
번진 파문
속살까지 환히 들어난다

나뭇잎 벽장 속에 숨어들어 호흡을 다스리는 새 떼
저지대에서 고지대로 이사를 서두르는 개미 떼
내 안에 일어서는 하늘 향한 몸짓발짓
하늘엔 수많은 강줄기를 깔아 놓았다
앞뒤를 잴 수 없는 비구름 퍼레이드
하늘땅 이어주려는 듯 눈동자를 꾹꾹 눌러대는 외할머니의
눈물 빗물
늦은 저녁 양푼 가득 흘러넘친다

원망이 가득 찬 천년의 하늘빛이

온 힘을 다해 품었다가 부서지는 통증일까

지나온 시간만큼 무릎을 낮추어 저 홀로 부딪히고 저 홀로 흩
어지고

휘장도 없는 하늘과 땅 사이로

목뼈 깊이 목젖이 아리도록

다 버린 저 울음 갈피 갈피 목놓아 소리친다

천둥이 몰아친다

바지랑대가 떠다닌다 방이 떠다닌다 집이 떠다닌다

계단을 밟고 올라간 소가 지붕 위에서 새끼 두 마리를 낳는다

볼트 너트

결국 모든 것은 나사로 귀결된다

볼트 너트

생사가 다른 별들이 빛난다

우선 헐거워진 안구부터 조여야겠지

의지할 곳이 아무것도 없었다

하지만 세모도 반듯했고 네모도 반듯했어

그것이 우리들 얼굴이지

중요한 건 볼트 너트 깊이지

선반에 차곡차곡 올리듯

과부하는 무너진다

추락도 비상도 제자리에 귀를 맞춘다

내면마다 외면마다 조금씩 돌리고 푼다

속도 고물고물 겉도 고물고물

중요한 건 서로의 깊이잖아

너무 얇아도 너무 깊어도 안 되잖아

상충 상극은 더 안 되잖아

고물고물 꿈길 따라 그리움 따라

팽팽한 길을 풀고 감으며

초반에 강하게 감으며 후반에 느슨하게 풀고 살면 되잖아

달리는 남자와 달리는 여자 수준은 비슷해

너는 내가 되고 나는 네가 되어 살면 되잖아

세상은 조작도 많이 하잖아

우리를 끝없이 유혹하잖아

발끝에서 머리끝까지 우리 또 도는 공부해 볼까

여름 밤

여름밤
하늘에 별은
고향 마을 이웃집
아랫담 윗담
투명한 도화지에 막 모이는 시선

생각마다 흩어졌다 모였다
별을 따라 굴렁쇠를 굴리고
수박 향기 오이 향기 따라 구른다

하늘 밖에는 별이 없나
바늘 구멍만한 틈새도 없이
보이는 별도 보이지 않는 별도 다 보는
내 속에 내 별은 없나

마음껏 헤매고 마음껏 설레고
편지 봉투 뜯듯 궁금하게
저마다 홀로 누워
느티나무 아래 짧은 하루가 놓인다

하늘 아래 놓인 나무

나무가 부르는 정말 커다란

매미소리가 느리게 조금 빠르게

물길 따라 기운다

하늘도 묵인한 채

숲을 짊어진 장풍이 길을 달리면

내 안에 감기는 푸른 바람에

인색했던 내 눈빛마저 조용히 풀어진다

한증막

허리가 가늘어져 이제 더는
물기 많은 날들은 돌아보지 않아
그 좋은 입맛도 그 좋은 풍경도 허공에 떠도는 바람일 뿐
날마다 바삭해진 입술을 자꾸 혀로 핥아보아
오늘 더 쇄골 뼈가 툭 불거졌나
손톱이 아리도록 절절 끓는 잎맥들
나뭇잎도 풀잎도 모두 다 익어버리는 계절 불을 확 질러봐
우리 모두 먹어야 할 수프를 끓여야 하니까
푸석한 눈썹 위에 쌓이는 눈꼽들
강아지 눈꼽 고양이 눈꼽 네이버 미밀번호 가진 사람 눈꼽
모두 눈물이 말라 생기는 건조 병이지 알레르기 결막염 감염
성 결막염
어느새 처마 끝에 빈틈이 생기나 봐
흙먼지들이 마른 허공에 둥둥 떠다니지
뜨거운 사랑으로 여윈 몸들
천지에 가물가물 수프는 끓어오르고 있지
여기저기 활활 타오르는 불의 꽃씨들
점점이 투명한 뼛속에 지닌 은유의 시들
양산 아래 바둥바둥 헤엄치는 여인들의 손짓발짓을 봐
뜨거운 열기로 맴도는 숨 막히는 일기에 현기증이 나지

눅눅한 사색의 시간은 다 사라지고

깊은 아랫도리 속옷까지 당도한 달이 은은한 입술을 맞추고

있지

아무리 쥐어짜도 뼛속 깊이 생명의 씨눈은 자라고 있지

물기 없는 호박꽃이 떨어지고

둥근 호박이 속을 꽉 채우고 있을 때

축축 처지는 피부 관리에 비상이 걸린 여인들이

진정감을 높여주는 앰플을 바르고 있지

콩나물 동우

가느다란 몸과 마음을 수감하는 곳이 있지요
사방은 벽뿐이고 밥을 먹다 말고 누가 물을 줍니다
검은 모자를 눌러 쓴 우리들
모자가 머리를 만들기도 하지
이곳엔 독방이라곤 하나도 없지요
다닥다닥 붙어서 명상하고
고독할 자유조차 없는 감옥입니다
이리저리 몸을 비틀지도 못하고 자라는 통에
벌레 먹힐 일을 남기거나
바람이 먼지를 엎질러 숭숭 뜯기고 얼룩질 일도 없습니다
그나마 내 옆에 당신이 그나마 내 앞에 당신이 그나마 내 뒤에
당신이
우리는 아파트 이웃이기도 하지요
올실과 날실로 풀려나갈 빈 구멍도 하나 없이 좋고 좋아
곧고 팽팽하게 자랄 수 있지요
물만 먹고 자라는 우리는 순한 식물성뿐입니다
쉽지 않겠지만 발가벗은 맨몸으로 오르고 오르다 보면
다닥다닥 날갯짓하다 보면 그 끝이 있겠지요
우리 서로 몸을 의지하고 조심조심 올라가요
휘감고 돌아눕고 할 틈도 없이 하늘만 응시하고 사는 우리들

세상에 의문 부호들은 빗장을 풀어 훨훨 날려 보낸 지 오래되 었습니다

　비틀거리며 자유를 상상하는 일은 여기서는 유죄입니다

　바다를 침실로 사용하려는 욕심 많은 사람들

　캄캄한 고래 뱃속보다 더 식탐 많은 사람들

　평생 둥근 벽 속에 갇혀 외발로 사는 우리들의 고통이 보이지 도 않나 봐요

기차여행

철길은 열려진 지퍼처럼 놓여 있었다

누군가 확! 불을 질러 놓았다

기차 문이 열리자 이야기들이 일렁이며 넘쳐흘렀다

차창 밖 풍경은

하늘에 뭉게구름 바다에 수평선 모두 다 한 폭의 그림

좌청룡은 산맥이 용솟음쳐 오르고

우백호는 파도가 메아리쳐 날으고

각양각색 사람들의 탄성도 지켜보는 거야

아니 나도 찰박찰박 박수로 환호를 대신해도 되고

물새 산새 배경음악으로 깔리고 물안개는 솔솔 김 오르는
즐거운 아침 밥상

〔시골밥상〕〔어머니 된장국〕〔바다나라 이야기〕 간판의 연대
마다 구간마다 우리들의 구미는 훅

당긴다

세월은 퇴적암으로 쌓여 거짓말이 떠오를 수 없는 하늘과
땅의 단단한 기록물이다

지층마다 어긋난 금을 긋고 그 틈마다 비바람 무늬가 새겨져
역사는 흐른다

하늘이 되지 못해 허공이 되지 못해 비바람에 살이 뜯겨 뼈를
드러낸 절벽들은

돌아가도 돌아오는 기차 소리를 끝없이 되새김질 한다

바다를 화장해서 승천한 구름이 하늘과 땅에 시시각각 조화를 부린다

철로는 곁길로 샐 수 없다는 것이 슬프다는 것을 바다는 알고 있을까 기차는 알고 있을까

화살처럼 휘어지는 레일의 곡선은 우유부단함을 비트는 상생의 손을 웅켜잡는 길의 균형감이 묘미

구름이 천천히 몸을 벗기 시작한다

철로는 밧줄이라고도 읽을 수 있겠지

상념의 그 깊이를 알 수 없는 동해안 열차는 달린다

바다가 좋으면 바다로 출렁출렁 무심 무심 흘러가면 되는 거고

하늘이 좋으면 지퍼를 채우듯 눈을 지그시 감고 여의주를 물고 있는 구름 따라 날아오르면 되는 거고 구름도 바람도 되어 제멋대로 문장을 만들면 되는 거고

그늘 속에 가려진 나무에 대해 모르는 나에 대해 이유는 묻지 말자고 안개같이 나무를 지우고 나를 지운다

기차 머리가 향하는 곳으로 꼬리도 같이 따라가면 되는 거고

여치 울음소리

풀잎에도 뼈가 있다

수족이 저린 저 앞산

두 눈을 부릅뜨고 바벨을 드는 여치

입술에 단 거품이 흥건하다

하늘 문 열고 닫는다

손짓 대신 목울대로 되감는 소리 잦다

눈이 선한 여치 눈이 없는 지렁이

여치들에게도 바람을 가르는 날카로운 연장이 있다

거꾸로 매달려 풀잎이 집인 양 놀이터인 양

의기양양 몸을 불리는 귀뚜라미 꼽둥이 땅강아지 베짱이

여치를 봐라

풀섶을 지나다 그만 여치를 놀래켰다

이마가 빛나는 염소 문신을 한 여치

긴 뿔로 지구 한 편의 가을을 들어올리며

해 뜨는 산을 집어 삼키고 있다

바닥에 닿지 않으려고 가슴에 날개를 묻고 밤을 견디는 새의
자세로

절뚝절뚝 풀을 오르내린다

땅으로 내려가면 무서운 황소개구리가 도사리고 있다

구름을 덧대고 바느질하는 여치
간절한 두 눈이 하늘을 뚫을 듯이 보고 있다
가을에 피할 수 없는 세찬 관현악
어젯밤 내가 꿈꾸면서 걷어찬 풀잎이 거기 있다.
돌아눕다가 바짝 다가오는 아내의 신음 소리가
가슴에서 나는 여치 울음소리
그녀는 산과 들을 오가는 박물장수였다

57일 동안에 비 세 번의 태풍

그래봤자 결국 후두둑 나뭇잎 떨어지는 소리일 뿐 우당탕탕
비즈니스 입간판 떨어지는 소리일 뿐, 오늘부터 나는 반성하지
않을 테다 안으로만 들끓어 오르는 울음이 터져 긁혀있는
바닥을 숨기지 못하는 도로를 보고도 반성을 반성하지 않을
테다, 그러나 나의 일기장은 무거워질 데로 무거워진 채로
축축할 데로 축축한 채로 스프링조차도 튀어 오르지 않을
태세다

나는 그래요 온갖 세상의 울음소리를 듣고도 반성하지 않아
요

나는 입을 다문다 나는 지친다 나는 지칠 만도 하다

태풍은 뒤죽박죽 회오리

새파랗게 질려가는 것들을 좋아하지

고래고래 소리치는 입술이 길거리에 나뒹군다

내가 버린 프레온가스 샴푸 린스 비누들이 쓰레기 떼를 돌리
고 있는 거지

한꺼번에 튀어 오르는 몸짓들을 이어 붙이는 억지 주장들

절망을 안고 두 팔을 펼치는 것들

여기서부터 과로사라는 말이 존재하지

지하는 서 있는 채로 조는 꿈

나의 잘못은 반성을 반성하지 않는 일일 테지

대체 이놈의 날은 언제부터 건조기란 말이냐
건조기가 오기는 오는 것이냐 분통을 터뜨리고 중얼거리고
중얼거린다
태풍, 비 너는 등도 보이지 않은 채 여전히 어깨를 들썩거린다

나는 그래
차가운 빗물에서 서늘함을 느끼지 못할 때
내 마음을 뭐라 불러야 할까
벽이 하나 더 생겼다 할까
얼굴 손 다리가 제멋대로 놀아
내가 아는 것들만 남아 내가 되어 있어
상처투성이의 도로에 차량이 느릿느릿 좌우로 마구 흔들린다
지구 이변이 오고 있는데
지금 시급한 건 벌 나비의 복지정책이지
그래야 꽃놀이패를 돌려보지 않겠어

종이

종이는 한 장으로 서지 않지

서다 서다 모난 입술은 찢어지기 일쑤

입술은 방바닥에 내버려 두고 발바닥은 컴퓨터 책상에서 뻔한
궁리들을 하지

석간신문처럼 구문이 되어 있는 줄도 모르고

종이는 약도가 되거나 좌표가 되거나 설계도면이 되었을 때

먹물의 선을 따라 엄청난 줄거리가 되기도 하지

헐렁하게 부풀었다 사라지는 것들의 미소는 씁쓸하지

인간에게 미소는 햇살이라는데

허공을 올라가는 안개는 속이 없이 바깥뿐이라는데

축적도가 다 그런 것이지 가슴에 박힌 점이 심장이 될 때까지

많은 시간을 필요로 해

세상에 모든 유언은 인장을 찍듯 손바닥을 종이에 대고 누른
곳에

말보다 값진 예언이 놓이는 것이지

물론 도마뱀의 꼬리같이 나를 떼어 낸 속살이 그곳에 머물기
도 하지만

값진 글자를 얻으려면 종이가 숨 쉬는 법도 사람이 숨 쉬는
법도 익혀 두어야 한다지

나는 안전히 비워둔 종이의 무안한 가능성을 믿는다

무엇이 되어도 세상에 목소리를 훔쳐 간 새를 용서할 것 같은
하얀 백지의 침묵

가장 얇은 종이의 몫으로 비워 주는 것이면

물 위에 떠서 썰물을 기다리는 낙엽이어도 좋지

그 속에 내 얼굴도 실컷 묻고 싶어

종이로써 그 몸의 따뜻한 여백을 이식했으니

여지는 미지고 희망이고 존중의 대상이다

부풀지 못한 얄팍한 뼈들을 눕혀 내면과 외면을 장식할 수
있는 하얀 빈 공간

누구라도 무엇이라도 거부하지 않아 욕심을 부리지도 않아

날을 세우면 스치기만 해도 베이는 얇은 종잇장

길을 보지 못하는 사람들

저만치 적막조차 물러선 산길
젊은 맹인이 길인지 들인지 떠듬떠듬 똑똑 찍고 있어요
등뼈가 휘도록 진실과 거짓은 교차하고
개의 목줄만 믿고 의지하지요
이런 날의 당신은 상처투성이의 손발만 자꾸 흔들고 있어요
혀를 길게 베어 문 촛불처럼
심장은 뚝뚝 떨어져 불꽃보다 매운 연기가 더 많이 나고
있어요
온통 길은 웅덩이뿐이고
온통 길은 암흑투성이
항상 얼얼하게 회오리바람이 부는 것들은
길 위에 미아가 되어버리기 일쑤지요
바튼 숨 쿨럭쿨럭 허공을 휘저을 때
2월의 차가운 오후를 지팡이로 녹여 마셔요
장애인 지팡이 날이
가장 빨리 집는 건 악몽도 현몽도 아니지요
더듬는 손가락 마디마디가 아픈 일이지요
절망을 안고 두 팔을 펼치는 순간은 죽을 때만큼 진실하지요
외출은 악몽 중에 악몽
그래도 거리에는 자유가 참방거려요

온몸이 넘어지는 자유 일어서는 자유

얼굴 손 다리 몸통 허리가 주저앉아 버리지요

헛짚어 발목 삔 처절한 세상도 이제 웃음거리지요

길이 있어도 길이 없는 세상 발이 있어도 발이 없는 세상

차라리 발이 다 없으면 길에서 추락할 일은 없었겠지요

몸이 아무리 자유를 밀어내도 마음이 자유를 곧게 일으켜 세
우지요

낯선 사람 친근한 사람을 구분하는 노란색 조끼를 입고 시장
장애인 골드 리트리브라는

시각장애인의 반려견이지요

풀어놓은 길 사이로 햇살 미소 머금은 개가 사람의 눈과 귀가
되어

우주의 우주와 소통하네요

오래된 책

덮어 둔 책

오래된 절벽은 유물이 되었습니다

속이 빈 곳을 채우는 것은 빛과 어둠을 대신한 꾸불꾸불한 옛 골목이었습니다

풀어놓은 그림 사이로 물고기가 헤엄쳐요 물론 용이 바다에서 하늘로 날아오는 것보다

하늘에서 바다로 풍덩 뛰어드는 것이 더 장관입니다

동파랑 이야기들이 이제 벽 밖으로 나가면 좋겠습니다

그림 속에 이야기가 역사가 되기도 합니다

창 너머 쏟아지는 소문이 되고

멀리멀리 길거리에 가물거리는 꿈이 되고 구름이 되고 별이 됩니다

사람들이 완행열차의 그림자처럼 눈 귀를 열고 어시장으로 갑니다

거인의 몸속으로 들어가 버린 갈리버의 우당탕탕 좌충우돌 체험도 좋고

골목길 속에 어둠은 꼬불꼬불한 내 머리카락으로도 살짝 맛있게 구울 수도 있습니다

한 개의 폭죽처럼 피어오르는 이야기들이 행복인지 불행인지 모르겠고

벽에 몸과 마음을 맡기고 꿈꾸듯 부드럽게 걸어갑니다

단순한 걸음에도 나만의 식견이 있기 마련

희망도 절망도 모두 머무름이 없는 바람 같습니다

마을은 오래된 책 같습니다

책 속에는 이상한 상속도 많고

탈모 같은 불안한 의혹도 많고

태양과 비를 노래하는 음악도 있습니다

자 이제 날개가 없으면 눈 귀를 활짝 펼쳐보고 싶습니다

너풀너풀 코끼리 귀가 되었다 슬픈 황소 눈이 되어보아요

문고리를 살짝 쥐고 누구라도 경사가 급한 집에 문을 살짝 열
어보고 싶습니다

집이 없는 단어가 집이 되는 세상에 들어가 방바닥에 길게
누워봅시다

문고리를 툭툭 치며 여기에 누가 사는지 궁금합니다

맴도는 것들은 다시 맴돌고 떠나는 것들은 다시 떠나고

세상의 풍경은 방향이 됩니다 방향은 방황과 비슷할 때도
있습니다 그 속에 몽정과 같은 조용한 망각도 있습니다

그림 속에 사람들 나무들 꽃들 사람을 늘어뜨리고 나무를
늘어뜨리고 꽃을 늘어뜨리고 거리엔 글자 대신 기호를 나열하는
방법도 많습니다

책 속에 비법이 유출되는 걸 막기 위해 얼굴을 바꾸거나 며칠 쯤 빨리 늙기고 합니다

어긋난 약속 같은 그림 속에서

모두 갈 길이 있는 것처럼 달리 할 일이 있는 것처럼

진지한 구경꾼들이 모여 들었습니다

자 이제 손가락을 준비해요 벽과 벽 사이 웃는 돌고래 살쾡이 그림을 그려봐요 별도 그려봐요

아기자기한 동네 이야기도 해봐요

구례마을

금귀봉 아래 괭이봉 밤나무골 큰골
손을 뻗으면 이내 만질 수 있을 것 같은 마을
명산의 고장이라고도 알려지지 않은
거창의 숨은 진주 낭석대, 심소정

예배당에서 만난 하현달
내게 은잔을 들고 와 꽃차를 건넨다

그 꽃차 온기 온몸에 불붙어
두두둑 여기저기 실밥이 터진다
작은 언덕 위에 예배당 종소리 탕탕 봄꽃 향기를 퍼뜨린다.

이 마당 저 마당
달까지의 긴 거리에
밤마다 별을 수 놓은 풀벌레들의 논쟁이 시끄럽고
할아버지 할머니 아저씨 아주머니 베트남댁 필리핀댁 서툰
말도 정겹게 끼어들고
기어코 깨져버리는 창문처럼 와르르 무너져 내리는
마을 사람들 폭소가 자지러진다

오래된 마을 구례에
창 너머 출렁이는 소문 가물거리고
출렁이는 물은 때때로 위험하다

3

혹은 바람 혹은 낙엽

고인돌

거창 구례에 오면

접어 둔 밑바탕을 꺼낸

손님 물린 상 같은 돌판이 있다

가을 들판이 돌판 위에서 펄펄 구워질 때

깨진 조각 어디쯤에 원시의 삶이

어두운 밑줄을 긋고 있다

돌 속에 숨어버린

화석 같은 긴 시간들이

얼룩진 독거의 세월들이 그 속에 숨어있다

옛사람들의 무덤이 고요한 빈집이

아무 무늬가 없는 내 삶 같다

온기 없는 무거운 돌판에

누가 먼 옛날 청동기의 장편소설을 새겼나

수호신 같기도 하고 돌 귀신같기도 한 너는

다 닳은 더듬이를 고우고 받쳐

사람들 오가는 길가에서 아무 말 없이

반반한 등판을 전부 다 내어 주고 있다

돌에 스민 속으로 난 잔주름들이

메마른 이끼꽃으로 피어나

기원에도 없는 사람들의 꼬리를 문 말들을 끝없이 되새기고

있다
　　알몸이 되면 알몸이 아닌 듯
　　그냥 돌이면서 그냥 돌이 아닌 듯
　　신의 이름을 반복해 부르고 있다

눈 오는 날 풀과 나무의 집

폭설이 내렸다
풍장에 눈을 감고
무표정한 눈빛으로 헤엄치는
풀과 나무의 집

달 그림자 휩쓸고 간
마당 같은 들판

풀에도 나무에도
눈꽃이 피었다
하늘 꽃이 피었다
허공을 으르렁 대던 바람마다 그 꽃에 몸을 숨긴다

기나긴 빙하기를 돌아온
빙산에 무수한 잔해들이 하얗다

쓰러져 눕고 펄펄 뛰고 훨훨 날아오르고
무서운 잠꼬대 같다

눈 바다

눈보라

천지는 지금 전쟁 중이다

깊은 숨

파내려 가는

바람 속 떨림

하늘 높이 선 돌 연필이

오늘따라 뜨겁게 달아오른다

낭석대

하늘에서 큰 돌이
뚝 떨어졌다는 낭석대
차례차례 목록을 작성하다 보면
가장자리로부터 숨을 놓는 이름들
고인돌 알터 환도실 말무덤
소나무 상수리나무 그 기세 드높았다
문화유적지 낭석대
모래 자갈 촉감놀이하기도 좋았다
낭석대는 강이 넓고 깊은 곳
하얀 물거품으로 목욕한 사람들
약국도 모르고 살았다
물거품은 달콤한 풀냄새 나무냄새가 났었다
버릴 수 있는 것은 아무것도 없었다
매일 조금씩 뽑혀 방바닥에 뒹구는 머리카락까지 소중했던
시절
때까치알도 구워 먹고 개구리 뱀도 구워 먹었었다
감자삼곳을 감자산꽃이라 예쁘게 발음하던 사람들
사소한 이야기까지 다닥다닥 꽃을 피우던 구례에
무슨 할 말이 그리 많은지 까치밥이 대롱대롱한 낭석대는
개인 소유가 된지도 오래

넓은 강도 깊은 물도 낭떠러지도 온데간데 없이
철조망과 가시나무에 뒤엉켜 귀신울음 같은 바람 소리만 난다
망가진 옛 유원지는 초점 없는 눈으로 먼 하늘을 바라보면서
무슨 다라니 경전이라도 외고 있는지 까맣게 눌어붙은 긴
한숨을 긁어내고 있는지
떨어진 낙엽들이 이리저리 뒹굴며 웅얼웅얼 시끄럽기만 하다

김장

커다란 쓰레기 자루 하나 웅크리고 기다린다
오늘 일과는 멋대로 자라난 구름을 손질하는 일
부지런한 어머니는 나를 향해 손짓발짓한다
웃음기 어린 식솔들 입은 따라붙고
소쿠리에 담겨 있는 붉은 고무장갑 한 짝 오체투지 한다
발끝을 오므리는 어머니는 전사
자정해야 할 핏빛 시간이 오고 있다
오색구름이 끈질기게도 어머니를 따라붙는다
긴 태풍이 휩쓸고 간 수돗가
뼈마디 잘린 짐승들의 무수한 잔해들을 본다
양손에 실탄을 장전한 붉은 고무장갑
소금에 저린 배추와 지상전이다
두려운 게 없으면 모두 함부로 대한다
대충 속을 타면 된다고 어머니는 말한다
널브러져 말라붙고 있는 피 묻은 살점들
쏠린 피가 뒤통수로 터져 나오기도 했다
이쪽저쪽 양쪽에 해를 바라보고 여유 있는 척도 했다.
너는 너풀너풀 미역 같은 온몸을 똘똘 감은 채
거꾸로 서서 피를 흘렸다
우리는 서로에게 한 방석 얻어맞은 공포가 선물이 되었다

생명이 있는 것들에게선 왜 그리 날 비린내가 나는지

찢어진 몸속에 낯빛 좋은 식물들의 다양한 언어색

뭉클뭉클 으깨어지고 처발라지고

저만치 바람을 유희하며 달려오는 이웃집 아주머니들

평지풍파 다 격은 배추 속을 하나 뚝 찢어주면

아삭아삭 이빨에 깨지는 대답들이 간간한 목소리로 한층
간을 더한다

화생방전이 전면적으로 벌어졌나

피 묻은 파편들이 아직까지 필승을 다짐하는지

수돗가 여기저기 흩어져 앞니 빠진 보초를 서고 있다

시골집은 몇 날 며칠 온통 불바다다

온갖 전쟁 끝낸 너는 지금 독 안에서 긴 명상 중이다

공연

날보다 이빨이 먼저 빠진 여름이 지나갔대
우리는 불가능을 담보로 공연을 계획한대

무대는 산속이어도 좋고 벌판이어도 지평선이어도 간이
정류장 또는 구절초밭이어도 좋았대
공연이 무산된다 해도 우리의 목표는 자연 속에 살아있다는
사실 거기까지 였음을 주제로 한대 쏟아지는 침묵이 발병하는
오후 햇살이 너무 좋았기 때문에 햇살을 뼈까지 꺼내 먹은
기분이 들어서 과식해도 위장은 게워 내고 소화하는 중이래
여기서 과로라는 말은 존재하지 않는대

빈 의자들은 모두 눈치가 빨랐고 야생화들은 뒷날을 밝히고
또 소요하며 날았대
꿈보다 더 큰 꿈을 꾸는 우리들은 긁혀 있는 바닥을 숨기려
주먹을 꼭 쥐는 긴장은 죽어버렸대 외출을 했대

필요한 것이 없어서 필요한 사람들은 안으로 들끓어 오르는
눈물을 절제할 필요도 없대 벽의 뒤쪽을 상상하는 일도 즐겁대
여기서 벽은 고립의 뜻이 아니니까
절망을 뚫고 두 팔을 펼치는 순간 기타를 가져다 놓았대
관객들은 야생화처럼 소요하며 날았대

공연장은 벽이 하나도 없었지만

의자는 좌석 번호도 없었지만 의자가 시끄러워지고 벽이
보이지 않는 별자리들을 슬쩍슬쩍 둘러 보곤 했대

바닥을 파도 또 바닥이 나왔고 끝이 없었대

바퀴 자국은 꼭 축축한 땅에만 지나갔대

그 바퀴도 공연을 했대

휠체어를 탄 이선생의 대금연주는 사람들의 가슴속으로 바퀴
자국이 지나갔대

벨벳풍 캡모자를 쓴 솜털 같은 조연들의 얼굴 손 다리가
제멋대로 좋았대

중견들의 괄호쳐진 웃음도 좋았대

커튼콜이 없는 새들이 장식처럼 날아올라 깊은 가을도 따라서
날아올랐대

잡초 속에서 나온 해의 조명엔 무지개가 피어났대

우리는 양치식물처럼 무대도 없는 무대에서 시 낭송을 하고
노래를 불렀대

가을 구름을 비닐봉지에 담은 사람들의 옷 소매에서 새어
나온 콧바람이 뿌뿌거렸대

혹은 바람 혹은 낙엽

얼룩이 얼룩을 타이르네요

왁자지껄 세상이 시끄러워요

울긋불긋 동대문 원단 상가들이 문을 열고

등굽은 할머니가 호객을 하네요

순간의 센스와 부드러운 감각을 가다듬은 낙엽이

쉿! 사과 위에 맺힌 이슬을 담아왔어요

힘을 다 빼고 꼬리까지 자른 낙엽이 하늘 높이 날아올라 공연
을 펼쳐요

몸이 무거우면 검은 구름이 피어올라 물거품이 되기 마련

색감을 살려 꽃 모양을 만드는 일은 난이도 높은 작업

스며드는 것은 내어주는 것이기도 하죠

붉은 소문을 나눠 마신 자들이 전염병에 걸려 이리저리 옮겨
다니는 바람에

온 천지가 울 것 불 것 피부병이 심각해요

뼈마디 닳고 잘린 고물 수집상도 바빠졌어요

받침 떨어진 언어들이 땅에 수도 없이 늘렸어요.

세상과 멀어지는 마지막 몸부림이 처절합니다

쓱쓱쓱 시퍼렇게 날을 세운 바람 소리가 요란하고

심호흡 후 순간의 힘도 필요했고요

하늘과 땅에 몰래 흘리는 눈물과 뜨거운 맹세로

밤새 그린 오색 빛깔의 그림은 일품이죠

나무와 새와 눈부신 햇살은 즐겁게 끼어들고

소리 없는 붉은 포승은 멈추지 않습니다

뭉치고 흩어지고 떠돌고 지워지는 계절풍은 아무도 따라잡을
수 없어요

날개도 없이 나르는 비법이 유출되는 걸 막기 위해

얼굴을 바꾸거나 며칠쯤 서둘러 늙기도 했어요

늘어진 얼굴에 앞니 빠진 포목점 할머니가 힘차게 외쳐
댑니다

오이소 가이소

닳은 무릎을 가만히 만지는 할머니

그리고 약국은 남쪽에 있다고 바람이 귀띔해 줍니다.

이제 집을 떠나야 할 때

바람에게 자유의 자세를 배우자

그 숲속에는 집이 없다
바닥을 본 적이 없는데도 바닥은 평화가 참벙거린다
바람이 바람을 밀어내고
내가 나를 밀어내고
가짜처럼 넘어지는 자유가 시작된다

사계절 영사기는 돌아가고
내가 사선을 그으며 땅 위에 떨어질 때
콸콸 녹슨 피리 소리가 들린다

침묵은 그 어떤 얼룩도 수용하는 상태
몸은 땅에 떨어져 부리가 서서히 거뭇해진다

순간순간 어디로 갈까 크레바스도 많다
기어코 손발을 뒤집는다
얼굴은 등에 가서 붙고
어느덧 가슴은 발끝에 붙어
나는 곧게 서려고 안간힘을 쓰지만

바람이 기어코 나를 휩쓸고 간다

수많은 순간 순간
넘어지는 자유
일어서는 자유
자유가 자유를 따른다

내 몸을 깎아 우는 왁자지껄한 나날들
아무리 햇빛과 물을 먹어도 공복의 위
고독한 요기조차 못하는 가벼운 몸
앞면과 뒷면이 너덜너덜해지고
가끔 날 선 바람을 삼키며 서럽게 운다

하늘까지 다 가지고 산 내가
한 치 앞도 내 것이 없는 에필로그만 끝없이 되풀이한다

나는 벌레

나는 집이 먹이고 먹이가 집이다

호두가 떨어지고 밤이 떨어지고 껍질이 갈라지는 동안
나는 도깨비 탈을 쓰고 도깨비 춤을 춘다

목을 길게 집어넣으며 생각했다
집의 천장이 너무 낮다고
천장이 높으면 삶의 질이 달라질 텐데
목을 빼다가 그저께 상처 난 자리에 또 박았다
마로니에 잎맥이 쪼그라드는 아침 발뒤꿈치가 사각거렸다
알몸과 야생의 운명을 타고난 나
발가락과 이빨로 소리를 지르고 엉엉 울기도 한다
밤알들의 하얀 뒤꿈치가 사각거린다.
솜구름들이 횃불을 들고 느리게 하늘을 이동하고 해가 가장
높이 떴을 때
산속 마을 집들은 흐물흐물 무너져 내렸다
집이 허물어져 다들 죽을지도 모르겠다고 수근거렸다
지천에 쑥부쟁이꽃도 늦서리에 허옇게 빛이 바랬다
구멍 난 천장으로 하늘을 보면서 머리를 또 부딪쳤다
코끼리의 코처럼 그림자가 길어졌다
큰 슬픔 큰 아픔 큰 몸부림

책 속엔 불가능이란 없다는데

자꾸 머리를 부딪치고 나서 나는 생각했다

사람의 탈을 쓰고 책을 파먹으면 생이 달라질까

발가락과 머리칼이 소리를 지르고 도깨비탈을 쓴 눈에서 눈물
이 났다

간밤 증거를 없앤 뒤 속을 파먹은 덕분에 집을 나왔다

실현될 수 없는 이상한 환청이 들려왔다

나는 오르지 못할 나무 앞에 서 있었다

나무의 무언가 따뜻한 열기가 전해졌다

손발도 없고 이빨도 없는 나는 파문처럼 돋은 가시로

온몸이 단단해지기 시작했다

나는 풀린 신발 끈을 내버려 두고 몸을 마구 흔들었다

기차가 출발한다 점점 속도가 붙는다 작고 물렁한 몸에서
땀이 비 오듯이 났다

빛이 아무리 간지럽혀도 숨을 참고 목구멍이 포도청인지라 한
곳만 뚫고 또 뚫었다

끔찍하게 파고드는 물렁한 바깥 혀와 속 혀의 입으로 허옇게
나무를 더럽혔다

안개 같은 거짓말로 사랑을 하고 나무는 병들었다

병든 나무 속에는 무럭무럭 자라는 음흉한 내 얼굴이 있다

스며드는 것

얼룩은 얼룩을 오해한다
얼굴은 얼굴을 오해한다
파랑에 붉은 꽃이 피는 걸 오해하고
창가에 조용히 앉아 있으며 레몬주스를 따르는 사람이 있고
레몬주스를 나르는 사람이 있다
낯빛 다른 것끼리 포옹하고 흐르는 눈물을 오해하고
아무것도 하지 않아도 물이 들어오고 물이 나간다
하얀 구름은 어디론가 나를 데려가려 하고 나는 바람을
오해하고
아내가 쿠팡 할인권을 샀다는데 4000원치 줄을 서서 대기
한다
흩어지는 얼굴은 가만히 보면 내가 잠길 수 있을 만큼의 하나
가 되려는 얼굴
입은 말을 오해하고 말은 입을 오해하고 진실로부터 멀어
지는 몸짓들
집에는 화초란 친구가 있고 붓끝에서 매화꽃이 피고 있다
식물은 물과 햇볕을 먹으면서 자라난다
스며드는 건 혼자만의 의지가 아닐 것이다
스며드는 건 혼자만의 일이 아닐 것이다
차가운 입술과 차가운 말은 닮아 있다
모르는 사람의 목소리가 귓속으로 들어오면 그 사람을 알 것

같아서

거울을 바라보는 것처럼 계속해서 듣고 또 듣는다. 미간을
모은 경청하는 자세다 양 갈래로 쳐진 아랫입술을 덮은 부드러
운 니트처럼

얼룩이 얼룩을 이해할 때

어두운 그림자는 조금씩 지워져 간다

스며드는 것은 또 빠져나간다

닮아가는 것을 이해하는 얼룩이 있다

창문으로 빛이 들어오면 창문으로 빛이 빠져나간다

빛이 빛을 이해하기 때문이다

가위질 소리는 분분함을 자른다

나는 내 속으로 들어가 얼굴을 지운다

밤은 형클어진 별자리가 겅중겅중 뛰어다닌다

지렁이는 고동에게 토끼는 고양이에게

빛은 나무에게 사라져가면서 스며든다

잉크를 듬뿍 묻혀 마침표를 찍는다 해도 서로 이해하면서 스
며들고 사라질 것이다

뿌리를 내리지 못하는 구름에도 구름이 스며들어 처음과 끝이
연결되어 있다

문장이 하나씩 삭제된다

책 밖으로 나온다.

우물

우물은 뚜껑이 닫혀 있었다

닫아 놓은 뚜껑을 열었다

우물 속에 기척을 느낀다

땅 밑 우물에도 하늘이 담겨 있고, 내 빈 얼굴이 담겨 있다

나는 내 빈 얼굴을 바라본다

눈을 떠도 눈을 감아도

나는 우물 속에 갇혀 있었다

얼굴은 나의 발보다 더 아래쪽에서

무슨 비밀을 감추고 있는 듯

사방이 둥근 벽뿐이고 둥근 지하 감옥뿐이다

안개 낀 풍경이 나를 점령한다

나는 또 사라진다

빛과 물과 어둠이 나의 근원인 듯

너무 많은 비밀을 감추고 있는 듯

나는 또 나타난다

빛이 눈과 귀를 물어 나른다

우물에 삵 같은 너구리 같은 빛이 산다 바람이 산다

빛과 물은 제 몸으로 사람의 얼굴로 짐승의 얼굴로 바꿀 수도
있다

　그윽한 허공의 소리를 낼 수도 있다
                            ·

둥근 벽에는 수염이 거뭇하다

젖은 머리카락으로 우물 속에 피고 있는 이끼

누가 우물 속에 손발들을 저리도 콕콕 심어 놓았을까

씩씩대며 우물을 젓는다

뒷걸음치는 그림자

이해되지 않는 무엇이 끊임없이 유지되고

우물은 축축한 장마철

누군가는 이것을 의도라고 부를지도 모른다

우물 속에 내 얼굴은 하늘에서 온 듯 천천히 낯설어진다

뒷걸음치는 그림자 나를 삼킨다

나는 팔다리 얼굴이 잘려 나가도 아프지 않다.

개미

누가 저렇게 커다란 물건을 머리에 올려 두었나

겹눈 2개와 홑눈 3개의 개미
눈이 작거나 퇴화하여 더듬이 없이는 살 수 없지
산다는 것은 또 무엇을 들거나 옮긴다는 것
삶을 구성하고 있는 근원이기도 하지
아무리 엄지로 짓눌러도 꾸역 꾸역 살아내는 당신
지구의 비밀은 개미에게 있을지도 모르지
어슴푸레하고 고요한 세상 한없이 어두워져도 땅굴을 파고
먹이를 숨기지
걷던 길에서 방향을 트는 일도 다반사
무서운 위험이 도사리고 있는데
낯선 골목에 당신의 얼굴은 낯설기도 하지
눈이 없는 것도 아닌데 눈이 5개나 되는데
개미굴처럼 깊숙하게 숨어 있는 당신의 어두운 집이 어두운
당신이
퀴퀴한 냄새로 언제나 젖어 있지
우리 집 수저와 밥그릇은 생일 축하 날처럼 반짝반짝 빛나지
개미집을 가만히 들어다 보면 새끼줄처럼 비비 꼬인 함정과
구멍들이
먼 곳을 향한 창문들이 안테나같이 무수히 있지
개미가 씽크대 위에 손발을 올려놓는다

기어가는 듯 구르는 듯 가만히 있는 듯 어느새 싱크대 모서리 쫌에서 사라지지

발열하는 개미 눈 속에 안개와 울음이 가득하지

당신은 일이 기도고 또 세수지 집 밖에도 집은 있지

늙어도 자기 무게의 50배나 들 수 있는 이 모진 생명력

먹이를 향해 손을 뻗는 순간 당신은 무엇이든 번쩍 든다

내용 없이 당신이 하얗게 웃는다 고장 난 것들은 때론 퇴화되는 법

빛이 삐걱거리고 닫히면 당신은 캄캄해지고

당신은 암중모색 중 더듬이를 퍼덕일 때마다 당신은 웃지 울다가 일그러지지

사기와 모함이 우글거리는 세상

나는 스스로 당신을 희귀성 독종이라고 칭하지

당신의 입 안에 들개의 이빨이 자라고

몸 어디선가 항상 살 타는 냄새가 나지

봇짐 지고 떠난 석양을 부러워하기도 하지

유리창

하늘에 고한 나의 맹세서
내 몸에 벽이 있어도 그 벽이 하늘에 빛을 방해해서도 안 됩
니다

나는 투명인간
무엇이든 다 허락할 것입니다

거리낌 없이 다 보여 줘도 결국 몸이 벽이라고
속지처럼 끼워져 있는 나의 전신

누군가의 꿈을 대신 꾸며
누구나 나를 보아도 나는 그 사람이 되어
빛깔도 모양도 소리도 그를 비춥니다

죽은 자가 산 자를 위해 기도하는 것을 본 적이 있습니까
안에서도 밖에서도 나는 남의 말을 하고 있습니다
이를 모두 회귀라고 칭해도 될까요

나는 투명한 유리
나는 무엇이든 다 허락할 것입니다

어디에나 벽이 있고 누구나 벽이 있습니다

그 벽마다 창은 하나 둘 있고

창마다 자꾸 흐려지는 내가 있습니다

바람이 통하지 않는 이 갑갑함

막다른 골목길에서 답답한 감정을 통쾌하게 선언하고 싶습
니다

나는 살아 있다고 말하고 싶습니다

문장 바깥에 서서 문장 안에 서서 고함을 지르고 싶습니다

한 번씩 소리 나게 드르륵 나를 열어 보고 싶습니다

나는 속이 없기에

나는 아무도 미워하지 않기에

내 눈동자는 투명합니다

누구나 다 쉽게 볼 수 있습니다.

물 속 동화

나는 가끔 꿈을 꾼다

사람들이 강물 속에 살고 있는 것을

물고기가 되고 싶었던 아버지는

장작 같은 얼룩얼룩한 고등어 한 손 들고

고무신 뒷축 자국만 타닥타닥 남기며 집으로 돌아왔다

그것은 섬돌 밑에 엎드려 있는 어머니 몫이라고

할머니가 마당귀를 단단히 여미며 말했다

아버지는 굴 속 같은 산골짜기가 싫다고 강으로 쏘다니다가

밤이 되면 생각난 듯 발꼬락 헤엄치다 피를 몸에 바른 날 뱉어

냈다

우두둑 소리에 앞산 등줄기에 가시가 허물어져 내렸고

산은 손가락 몇 개 더 깨물어 먹고서야 좌정을 했다

송곳니를 세운 아버지도 어머니도 해가 져야 돌아왔다

바위너덜마다 다람쥐가 몰려나와 햇볕에 세수를 하고 이빨을

갈았다

숲이 일렁이는 물 속 같은 산은 멧돼지 나뭇등걸 파헤치는

소리 요란했다

내가 작살을 움켜쥐고 물 속 산을 넘으면

구름무늬 물고기들이 연한 물살을 일으키며 하늘을 달렸다

물 속 들판을 걸으며 덤불에 핀 가시꽃 노래를 부르고

나는 덜컹덜컹 강아지 꼬리를 흔들었다

얼굴에 바른 비강진批糠疹핀 내가 수염 난 버들강아지 따먹으며

부레를 감추고 끝없이 걸어 다니고 뛰어다녔다

강물 속 낙엽 잠이 들 때마다 분절된 물소리는 꿈속 동화

같은 말을 하는 아이들이 모이면 동요가 되고

골목은 달 맛과 물비린내가 듬뿍 배였다

물 속을 따라가다 보면 범람하고 할퀸 내 손발을 슬쩍 씻겨주는

축축한 이끼 같은 어머니가 있었다.

출렁이는 물을 몸에 바를 때마다 나는 키가 쑥쑥 자라났다

산과 산 사이 소와 여울 여울과 소

끝인 듯 끝인 듯 흘러갔다

지네

시골 읍 숲속에 붉은 지내가 살고 있습니다

꼬리도 입도 붉은 지내는 빈 구멍을 향해 절벽을 향해 엉금
엉금 기어 다닙니다

입이 있어도 말을 못 합니다

물기가 마르지 않는 뼈를 믿습니다

내 속에 물이 자랍니다 그래서 울기도 하고 웃기도 합니다

막다른 골목에서 나는 간절한 말을 합니다 그때에

골목이 조금씩 짧아지고 벽이 조금씩 낮아집니다

걷던 길에서 방향을 조금 비틀었을 뿐인데 신기하지

없던 골목길이 나오고 사람들의 말소리가 들리고

누군가 대신 읽어 주는 듯한 화려한 벽화도 보입니다

나는 수많은 발을 휘저으며 학교를 갑니다

책상 위에 책장을 너울너울 넘깁니다

아빠의 시간입니다

구름은 모의를 시작합니다

문장의 바깥에 서서

구름은 긴 시간 동안 강에서 울고 바다에서 울고 소리 없
는 안개가 되어 허공에서 울기도 하고 웃기도 합니다. 이제

하늘에서 손발을 잘라내고 온몸을 잘라내어 울고 있습니다 전쟁입니다 그때마다 아빠는 산전수전 무언으로 단단한 탄광을 꽝꽝 두드립니다.

천정이 삐걱대는 광 속에서 결기에 찬 아빠의 땀으로 얼룩진 얼굴이 떠오릅니다

아빠의 입 안에는 가족을 먹여 살리기 위한 치명적인 맹독을 숨기고 있다고 눈치채기도 합니다

뇌리에 깊이 묻어 둔 별 몇 개도 밤마다 빛납니다

우리는 산복山腹 근처 집의 겨울을 수도 없이 측량하고 다닙니다

우리는 맨발과 잘 어울립니다

빈집은 산에 대한 추문입니다

봄은 낡은 슬리퍼를 끌면서 지나가고 뱀은 정수리부터 허물을 벗습니다

꽃의 계절은 가도 반목과 대립이 없는 열매가 자라납니다

팔꿈치로 배로 등으로 땅을 헤엄치는 우리는

눈꺼풀 무거운 잠을 잔 눅눅한 밤을 잘 말려야 해가 뜹니다

밑바닥에서 몸을 대고 살다 보면

거죽조차 얇은 알몸이다 보면 본능보다 앞에 불안이라는 게

있어 빈 구멍만 찾아다닙니다

　온몸을 엎드려 땅을 파고 땅을 위로하며 사는 우리는 아무도
미워하지 않습니다

　온몸이 붉어지도록 울고 웃는 우리는

　붉은 햇살의 따스함을 알고 있습니다

강물 속에 성모

저 달은 어쩌다 풀잎만 한 깃털도 없어
제 알을 제 안에다 품지를 못한다
바람이 쎕다 뱉은 구름들이 풀고 조이고 하다
눈알이 아리는지 소화제를 먹는다
안쪽을 보고 있으면 자꾸 밖이 보인다
안과 밖도 알도 처음부터 없었다
바닥은 끝이라는데 파면 또 바닥이듯
강물에 알을 밀어 넣자
알이 자꾸 자라난다
큰 알에 실핏줄 감은 달이 노래한다
길긴 숨 파고드는
하늘 속 떨림이여
그 강물 속에 달의 눈알이 박혀 있다
그대와 나누었던 편지 속 나날들
그대는 입이 없고
소리 없는 말만 길을 잃었다

풍문

서툰 몸짓으로 밖을 향해 눈을 뜬다

빛깔도 온도도 없는 입들이 돋아난다

바깥 모양도 안 모양도 없다

뱀이 허물을 벗듯 껍질 떼고 하늘보다 높이 날아오를 준비는
되어 있다

알맹이도 없는 것이 알맹이보다 더 단단하다

몸도 마음도 없는 것이 온몸을 단단하게 여미고 밀실에
웅크리고 앉아 번식을 하고

눈을 뜬다 장수풍뎅이 같이

서툰 몸짓으로 밖을 향해 기어 다니다 걸어 다니다 날아다
니기 시작한다

한껏 가벼워진 몸이 세상 밖을 향해 꿈에 부풀어 오르고

문이 벽에 걸린 화려한 외출복을 갈아입고 외출을 한다

부재는 심장이 없는 시간

비상은 눈물이 없는 변태의 시작

잠들어야 할 시간 긴 잠을 버리고 우주 어디선가 찾고 있을
동지들에게

생존 가능한 몸짓과 모양을 만들어 생존 위치를 발설한다

한 개도 없는 눈이 천 개의 눈을 만들어 비행한다

꿈틀, 꿈틀 몸을 돌릴 때마다 변신을 거듭한다

세상 안과 밖의 기후를 감지하려고 수신을 하려고 전파를
보내고 전파를 받는다

　　때론 공손하게 마주 앉아 규칙적으로 다가갈 때도 있다

　　스며들다 흩어지는 얼굴 없는 얼굴들

　　가만히 보면 몸도 마음도 아무 것도 없다

　　언론도 국민도 없고 마스크만 쓴 사람들이 사분오열 걷고
있다

　　풍문만 허물 한 겹 두 겹 껴입고 날아다니고 스며들 뿐

　　입에 돋은 가시들만 있을 뿐

　　수만 킬로 떨어진 기지국에서 날아온 북쪽 메시지를 수신한다

　　끝까지 서로 아무도 모른 채

　　문 없는 바람으로 세상을 두드린다 세상을 쾅쾅 때린다

　　우편 수취함엔 깨어진 얼굴이 가득하다.

　　한번 시작한 길을 멈출 줄 모른다

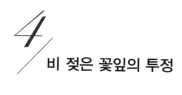

4

비 젖은 꽃잎의 투정

나는 공중화장실 변기다

나는 쪼그리고 앉은 사람들의 밑구멍을 우르르 모신다

지저분한 컬투쇼 같은 화장실 문을 두드리고 나가는 사람 사람들

나는 몸에 털을 다 자르고 사는 물고기가 된 기분이다

사람들의 밑구멍을 유심히 살펴보면 더럽고 지저분하기는 매 마찬가지다 그러나 그중에는 다른 부류도 있다 글을 보고 읽는 사람 시를 소리 내어 읽는 스마트한 사람도 있다

나는 상황이 급하고 더럽고 지저분한 사람들만 우르르 모신 다 때론 불문곡직 그 내장의 더러운 깃털까지도 받들고 산다 얼굴 가린 채 묘하게 목을 길게 빼서 내장에 깊고 깊은 소리까지 불어내는 사람들 그 소리의 근원은 뿌리가 깊고 가늘고 길다

어제 틀어막은 밑구멍에 바람이 드나든다 구멍은 막아도 구멍이 생겨나고 바람은 수염까지 뽑아도 바람으로 돋아난다 얼굴 가린 채 머리 숙인 채 더럽고 지저분한 마지막 구멍이자 마지막 입까지 우르르 모시고 산다

냄새가 난다 소리가 난다 사람들이 머리카락 손끝 발끝 모 두 힘을 주고 탈수한다 불균형한 이 균형 대형 배설 공사 현 장이다 귀족층 밑구멍에 고래 썩은 냄새는 먹구름을 토할 것 같다 상류층 밑구멍에 한우갈비 섞은 냄새는 재색 구름을 토할 것 같다 중류층 밑구멍에 돼지고기 닭고기 섞은 냄새는 회색

구름을 토할 것 같다 하류층 밑구멍에 나물 썩은 냄새는 흰색 구름을 토할 것 같다

페인트 벗겨진 새벽이 삐걱거린다

육탈의 몸이 화르르 흐르는 산골짝 굽이 굽이 곱창 지대를 지나 너덜강을 지나 누렇게 몸을 태우고 열반하는 색깔 있는 구름들이 속바람을 타고 통통 떨어진다

무언가를 꽉 쥔 사람들의 더러운 밑구멍을 보면 문득 울고 싶은 건 난데

잡식의 음식물 쓰레기통 배를 쥐어짜며 욕망에 상처 입은 사람들의 마지막 입을 보고 싶지 않다 욕망의 냄새 나는 마지막 말을 듣고 싶지 않다 나는 속을 다 비워 놓고 대립하는 듯 순응하며 사람들의 모든 것을 다 받들고 모신다

노인 아이 젊은이 여자 남자 다 신음하고 다 소리 지르고 총탄과 대포까지 쏘아대면서 나를 구박하고 두들겨 팬다 모두 공격적인 스타일 뿐이다

내일로 가는 나무 풀 돌 물 구름 바람 하늘 땅 모두 모두 보고 싶은데 평생 이 좁은 감방에 갇혀서 사람들을 우르르 섬기고 산다

과거 현재 미래의 간격을 사이에 두고 버리는 만질 수

없는 것 드러나지 않는 것을 비우는 신음 소리는 결국 모두 이제를 지우고 오늘에 충실하자는 가장 솔직한 사람들의 황금 말씀이다.

더러운 제 본색을 다 드러내고 과욕의 수렁에서 사람들이 완전히 탈피하면 나는 한결 가벼워진 발걸음을 확인한다

사람들의 눈이 반짝이고 얼굴에 미소가 묻어 난다

마침내 변기 단추를 누르면 아무것도 두려워하지 않는 물이 눈을 크게 뜨고 호통을 치며 마침내 더러운 대립과의 마침표를 확 찍는다

새장의 사람들

새 한 마리 하늘을 난다
에스컬레이드 엘리베이터
훨훨 한 마리 고독하다

새 두 마리 하늘을 난다
낑낑 살림이 늘어날 것 같다
낑낑 우리라는 말이 고개를 내민다

새 여러 마리 한꺼번에 하늘을 날아 오른다
에스컬레이드 엘리베이터
무리지어 날아 오른다
질서와 이념이 문학이
벽 속에 갇혀 있다
새가 새 속에 갇혀 있다
아무도 밖으로 날아가지 못한다
새장과 새장 사이에 새밖에 되지 못한다

뭉쳤다 흩어지는 밥알들의 소란
새 떼들의 소란이 천지를 덮는다

하늘이 아주 흐리다
꿈에서 숨 쉬는 방식을 배운다

언니의 마른 습도

날개도 없는 구름이 날아다닌다

물의 하얀 뼛가루에 붉은 해가 묻어 있다

길에는 떠나는 사람과 돌아오는 사람이 있다

붉은 체크무늬 스타킹을 신은 언니는 집을 맡겨 놓고

나무 이파리 같은 발자국으로 집을 나갔다

날아가는 흰 구름이 터져서 하늘과 땅의 풍경을 수놓는 일을

이해하려면

붉은 솜털 같은 저녁 어스름을 생각해야 한다

푹푹 끓는 강과 대지는 뽀얀 안개처럼 언니의 물장구가 가물

가물거리고

빈 의자가 있는 데면 언니는 어디라도 좋았다

팔짱에 낀 구름을 흘려보내기도 하고 품기도 했다

물안개는 필사의 향기가 되어 높이 하늘을 날을까 나무를

뒤집어쓸까 겨울 패딩을 뒤집어쓸까 물의 염통을 뒤집어쓸까

이것저것 고민도 많이 했다

언니의 관계들은 순결했다

먹어도 먹어도 허기진 배는 짐승이 되기도 했다

날씨가 바람을 만들어 내기도 했지만 가끔 안개를 만들어

내기도 했다

뒤죽박죽 몸을 차갑게 굴리고 돌돌 말아 도깨비 키재기도

했다

　내 말을 네 입에 물고 네 말을 내 입에 물고

　뒤숭숭한 언니는 콧바람을 뿌뿌거렸다

　낙상 운이 있으니 조심하라던 철학관 아저씨의 말도 무시하고

　바퀴로 온 천지를 푹푹 뒤덮었다

　물의 뼛가루로 날개 달린 물고기 그림을 그렸다

　마른 갈대밭에 별의 발자국이 무수히 걸려 있었다

　코도 입도 없는 사람들이 마스크를 쓰고 물고기 이빨이 새의
날개가 반짝거리는

　예식장 로비를 걸어 다녔다

　나무와 나무 사이에 산과 산 사이에 무엇이 기생하는지는 모
르지만

　창문 밖 깨끗한 얼음꽃 프로젝트는 누구의 잠 속에 있는
꿈일까

　울음을 꽉꽉 채운 장례식장의 구름을 밟고 하얀 물방울 드레
스를 입은

　언니는 침묵을 찢고 침묵이 되어

　무거운 바람의 하직 인사를 받으며 달려가지도 쫓지도 않는

　나무 신발을 신었다

밤 고양이

고양이는 한껏 종양제 쓰레기 봉투를 내려다 보고 있다
미세한 부분까지 인간에 대한 흥미로운 글을 읽고 있다
웅크리고 앉아 고양이가 고양이를 본다
입과 손발은 물론이고 뱃속까지 모두 웅크린 자세다
바람의 냄새까지도 탐색하고 탐색한다
형형한 눈빛
가능하면 오래 더 가까이서 웅크림을 보고 웅크린다
웅크림을 푸는 것은 고개 숙인 수줍음이 사라졌거나
한 줌의 염치가 심장에 착 달라붙는 일이거나 공복의 위다
집 없는 길고양이가 먼지가 버석거리는 종양제 봉투를 뜯기
시작한다
공들여 비린 냄새를 찾는다
가팔라지는 목 두 발로 봉투를 감싸안고 재생에 몰두한다
비누 거품을 물고 속을 토할 것 같다
맨발의 닭 다리가 같이 하숙하고 있어 다행이다
쓰레기도 만찬을 꽃피울 수 있나

허리가 굽은 할머니는 구석진 골방 자리에 웅크리고 앉아
온기 없는 밥상을 보고 있다
상한 냄새가 난다고 가능하면 오래 더 멀리 버리고 싶은

냄새라고 손녀가 말한다

이국의 빛과 온도

유기인지 실종인지 자연발생인지 몸에서 썩은 냄새가 난단다

세상은 제각각 살고 있다

매일 끊임없이 훼손되는 침묵은 어떤 의미를 더 붙들고
싶어서일까

사막의 돌은 얼마나 긴 시간 동안 메마른 것들일까

단맛이 나는 차를 마시고 나무숲에서 볕을 쪼이길 바라는
꿈을 할머니는 반복한다

형형한 고양이 눈빛 같은 할머니 눈빛

눈앞으로 바람이 천천히 무너지는 소리가 들린다

이웃집 주방에서는 수저 드는 소리 냉장고 문 여닫는 소리가
들린다

저녁의 집들이다

어둠이 어둠의 끝을 잡고 풀어내는 고요가 밤의 시간이다

야생의 빛은 하늘에 별과 달뿐이다

어슴푸레 떨어지는 눈물도 별을 찾는 통로가 될까

북녘으로 넘어가는 밤이 울컥 쏟아진다

강물

강은 물고기를 기르기 좋습니다
물고기의 주파수는 물결 소리로도 들을 수 있어요
나는 흘러가기 좋은 무게로 태어났습니다
나는 누구입니까
내가 내 속을 향해 매일 울고 있습니다
밤새 별이 내 속에서 반짝반짝 빛나고 있습니다
나는 과거입니까 나는 미래입니까
물고기의 미소는 뽀글거리는 하얀 물거품입니까
나는 흘러가는 무게로 살고 있습니다
구름의 고도는 새의 군무 같아 너울거립니다
파도칩니다.
나의 입김이 조용히 햇살을 따라 옮겨 다니면 나무가 자라납
니다
새들이 흩어지는 틈 사이로 내가 끼어들기도 합니다
나는 붉은 패딩을 입고 길을 걷는 사람들까지
마르고 갈라지고 부서지는 축축한 걱정을
매일 목을 놓아 울면서 하고 있습니다
나뭇가지 사이로 새어 나가는 바람을
누가 어찌 안다 할 수 있을까요 어찌 막는다고 할 수 있을까
요

나는 다시 아무도 모르게 태어나고 있습니다

물과 물 사이 나무와 나무 사이 사람과 사람 사이

불안한 나는 항상 태어나고 죽고 있습니다

어쩌다 몸의 한 곳이 부서질 때마다

푸른 파도가 휘몰아칩니다

푸른 꽃잎 하나 둘

푸른 숨결 하나 둘

매일 태어나면서 죽고 죽으면서 태어나고 있습니다

겨울 엉겅퀴

내 몸에 물이 빠져나간다

흑백으로 갈라지는 길들이 뒤섞이고 입술을 달싹일 때마다
웅얼거리는 혀는 풀잎처럼 흔들리고 부서지고 차가워진다

대지는 은빛이 되어 흰 눈송이로 건반을 친다

달리는 칼바람이 나를 박차고 뛰어든다

길고 넓은 손바닥이 갈라진다

폐렴 걸린 바람이 내려야 할 역을 잃고 창문을 두드린다

민무늬 토기처럼 내 얼굴에 금이 간다

내가 있는지 없는지

핏방울이 소용돌이치고 나는 다시 정수리에서 발끝까지 재난
을 배운다

백야 극야

내장까지 고요해진다

빙산이 은빛을 풀어헤친다

땅 위에 기댈 곳이라곤 아무것도 없다.

하늘을 봐도 땅을 봐도 절망뿐이다

내가 죽었는지 살았는지

짐승에 발자국소리 울음소리 미역 줄기처럼 늘어진다

기억과 마디가 끊긴 생선 뼈와 빈 조개 무더기 사이에서 게가
엉금엉금 기어나온다

나는 눈을 감지도 뜨지도 않은 채 얼음이 버석거리는 단단한 땅속을 향해 하얀 뿌리를 꿈틀거린다

　따다닥 키보드 위로 말발굽 달리는 소리 119차량의 긴 경적 울리는 소리

　어둠뿐이 없는 땅속에 예상하지 못한 붉은 핏방울이 뛰고 온기가 모락모락 피어 오른다

　나는 다른 방향으로 걷고 또 걸었다

　땅속에서도 해와 달이 자라나고 있다니

　응급실에 무수한 걸음들이 물밀듯이 들어온다

　겨울 속에 봄이

　절망 속에 사랑이

　그 속에서 나는 다시 태어난다

　뇌 속에 뇌에 막힌 구멍을 뚫은 나는

　빈 몸으로 서 있는 겨울 엉겅퀴

　가시 지느러미 다 죽이고 봄이 오는 방향 쪽으로 비스듬히 마중을 나가는 중이다

물결

하늘에도 땅에도 물결이 있어요

나무이파리 아카시아꽃을 고봉밥으로 퍼먹고요

오대양 육대주가 밀려오고

마을과 지역이 미끄러지기도 해요

파란 물결 위에 무의식의 공자의 관수법이 생각나요

채워도 채워도 이 세계는 채울 수가 없어요

매일 똑같은 구절을 읽고 있어도 우리는 언제나 놀라지요

연하게 와서 거칠게 바위를 갈라버리기도 해요

때론 나무의 잎에 나무의 가지에 열매에 옮겨붙기도 합니다

자연스러운 리듬감으로 춤을 추고 노래를 부르며 살지요

잠깐 절벽에 누가 죽비를 마구 내리쳐요

한쪽 가슴에 칼자국과 흉터가 생겼어요 위대한 예술은
그렇게 탄생하지요

우리는 날마다 여행을 떠났고 신밧드의 융단은 반짝이고

니스를 칠한 달은 우리 몸속에 들어와요

우리는 코가 쑥쑥 길어지면 코를 쑥쑥 밀어 넣어 푸른 반죽을
해요

부드럽게 스며들기 위해서지요

우리의 웃음에선 사과 냄새가 나요

우리의 울음에선 생선 비린 냄새가 나고 생 밀가루 냄새가 나

요

통 안에 담긴 파닥거리는 고기를 자랑하는 아이처럼 가쁜 숨을 내쉬며 동그랗게 웃기도 해요

우리는 분리된 외로움을 부추기는 사람들 같이 목 안이 따끔거리진 않아요

세상에 태풍도 끊어낼 수 있는 오밀조밀 주렁주렁 혼연일체가 되어 동그라미를 그리며 쉼 없이 흘러가지요

우리는 한껏 미세해진 우리를 내려다보고 조잘조잘 얘기하기도 해요

돌아보면 옆의 사람이 나로 태어나고 돌아보면 내가 옆의 사람으로 태어나고

우리는 이리저리 옮겨 다니면서 팔랑팔랑 풍성한 인연을 만들어요

속도 겉도 파란 동그라미 속에 일정한 온도를 유지하는 파닥파닥 물고기 헤엄치는 노천이 되기도 하고 강물이 되기도 하고 바다가 되기도 하지요

물결이 물결로 공들여 꽃 피는 냄새를 한번 맡아보세요

눈앞에 물결이 천천히 무너지는 소리가 나고

바다에 물을 뒤집는 고래처럼 우리는 역동적인 저마다의 계단이 되기도 하지요

냉이

눈앞에서 얼음이 천천히 무너지고 있다
살아있는지 죽어있는지 공들여 생의 냄새를 컹컹 맡는다
몸속을 오가는 생환의 앞면과 뒷면 어슴푸레 떨어지는 눈물이
통로가 될까

느낌표 하나 둘
차가운 공기를 들이마시며
처녀이끼 모양의 이파리가 땅바닥에 쓱싹쓱싹
봄의 냄새들을 썰고 있다
며칠 전에 하얗게 늙은 할머니인 줄 알았다가
며칠 후엔 파랗게 물들인 동네 언니라는 것을 알게 되었다

황새냉이 미나리냉이 물냉이
산과 들에 향기로운 봄 별들이
하얀 허공 위를 날아다닌다
어쩌다 몸의 한 곳이 움직일 때마다
차갑고 서러운 파란 숨결들이 하나 둘
힘찬 맥박 소리들이 하나 둘
온 우주를 연신 되새김질한다

달이 뜨는 들판을 지나칠 때마다

등에 업힌 밭고랑 한가득

처녀 종아리 같은 하얀 냉이 뿌리를 씻으면 살냄새가 난다

몸에 상처도 저렇게 쌉쌀한 듯 매운 듯

차갑고 서러운 땅에 문을 열면 저렇게 진한 냉이 향이 날까

온몸에 상처도 아랑곳 하지 않고

무너질 것 같이 주저앉았다

뚫어져라 하늘을 쳐다보며

몇 날 며칠 생각을 비틀다 보면

머리핀 같은 한편의 봄이 완성될 것이다

변성기 소년의 목소리처럼

아직도 덜컹거리는 일기는 여전해도

대장간

한 노인의 죽음은 네다섯 개의 농기구가 사라지는 거다

누군가 한두 편의 추도문을 읽을 때
작업실은 빈 곳이 늘어났다

누군가의 어두운 그림자 뒤를 따라갔으나 슬픔은 부족했고
시끄럽고 어지러운 무수한 입이었다

블록 놀이 시대에
윷놀이는 자연 보호법 같은 것이었나
가재 발 씻는 논은 풀이 자라고 나무가 자라고 그 여백은 안
개가 되었다
철기시대 농경지는 뭉쳐서 잿빛 구름이 되어 날아다녔다

오래된 온양 시장 안에
창구 대장간 할아버지의 불 지피며 쇠 담금질하는 소리 탕탕
울리고
온천 물 한 바가지 그리움도 정겹다

직불금 신청서는 변동사항이 많아 열람의 눈이 쏟아지고

농지원부는 위조하기 위해 강풍에 흔들린다

틈틈이 비어 있는 공란을 보면 사람 뼈를 꺼내 온 기분이 들

어서

누군가 자박자박 걷는 소리가 들릴 것도 같다.

옛날 농부에 대한 흥미로운 기사를 읽다가

어둠에 모여드는 관솔불을 든 사람들을 봤다

별이 되었나 달이 되었나

모퉁이와 모퉁이는 닳아서 손이 탄 만큼 평화가 타오르던

시절은 꿈속이 되었나

이야기의 완결편은 읽을 곳이 없을 때만 가능한가

사람을 찾지 못한 농기계 부품들은 녹이 슬고

문틈마다 번져가고 있는 밤에 불빛들은

물기 서린 발자국과 함께 아주 짧게 아주 굵게

대장간 일기장 속에서 지워져 나간다

혀를 길게 베어 문 촛불처럼

불에 익사하는지 바람에 흔들리는지

얼마 남지 않은 옛 대장간은 오래된 시계를 풀고 있다

얼음꽃

하얀 뼛가루

물안개 되어 게걸음 친다

나래 펴는 산속

아스라한 저 숲 끝까지 밑줄을 치고

허공에 떠다니는 말들까지

나무에 씻어 걸어 두면

겨울 나무가 눈을 뜰까

마른 풀이 눈을 뜰까

사랑과 이별 아파 우는 산골짝 물소리

안개 낀 길마다 긴 탯줄로 숨을 쉬고

별 담은 물안개

살점 다 터뜨려 가며

꽁꽁 어는 꽃

오목하니 쟁인 시간

풀에도 나무에도 물의 심장을 차갑게 퍼뜨린다

봄

하얗게 다스려
재만 남은 아궁이 속
따스한 온기 다스려
숨을 고르는 불씨
허공 겹겹
깊숙이 어둠을 들이마셨다
내뱉는 저 완완한 빛

어둠이 섞여 깃발처럼 나부낀다
기쁨도 슬픔도
예쁜 가지 끝으로 뻗어나가는 기억들이
허공을 태워 올리는 구불구불한 저 향기들이
구불구불 타오른다

천지가 새로 피어나는
불의 꽃들이
올금빛 씨방을 열고
아궁이 안에도 아궁이 밖에도
환하게 밝히고 있다

칡넝쿨

내 안과 밖의 온도 차는 몇도 일까

죽어 무너진 나무 곁에
하늘 높이 춤추며 황망히 뒤엉킨 무성한 나
올려서고 내려서고 사방팔방 뒤죽박죽 엉켜서 태양 빛에
벌컥대며
증발하듯 경중경중 뛰어다닌다
뇌 속은 캄캄한 어둠 가득 고여 늘 축축하고 세균 투성이
내가 누구인지 내가 무엇인지
간데없이 사라지고 난데없이 나타나고 일사불란한 숨 가쁜
노정들
누구라도 잘나고 높은 것들은 울화통이 터져 모두 휘감아
버린다
나는 근본도 뿌리도 없는 줄기라는 것도 까맣게 잊은 채
때론 위협을 가하고 때론 사투를 벌리기까지 한다
뒤통수가 드문드문 벗겨진 나무들의 피해가 심각하다
의사는 내 심장의 곧은 심지는 간데 없이 다 사라져버리고
꼬이고 엉킨 갈등뿐이라고 모니터에 펼쳐 보인다
거친 마음 끈적이고 뒤흔들리고 틈만 나면 몸을 비비 꼬운다
앞도 없고 뒤도 없고 팔인지 발인지도 나는 나를 모른다

수술복을 걸치고 머리에 모자를 쓰고 두리번두리번 거린다

지루한 여름의 하품이 포물선처럼 힘없이 늘어진다

혈압과 맥박 모두 갈증이 불타올라

발효의 금요일엔 탐욕의 거품이 더 가득해 세균이 득실거린다

며칠 전 들른 병원에서 의사는 마른침을 삼키며

몸은 아주 향긋한 향이 나지만

머리엔 생각이 너무 많아 혹이 생겼다며 냉온 조절 건강법이
필요하다나

자연스러운 마하 수련이 필요하다나

부드러움이란 식물 본연의 질서는 망각하고 산다나

소리 없는 천둥과 번개에 자음과 모음이 분리되고

갈증은 염려증과 함께 뭉쳐서 몰려다닌다

긴 노를 저어 지평선을 향해 나도 가고싶다

아직 다지지 않은 양지들의 빛줄기를 조금씩 먹으며

내 마음 어디다 무엇을 흘리고 다니는지 머리에 웨어러블
뇌자도 측정기를 쓴 채로

무수한 칡넝쿨 수렁에 빠져있다

개나리

금침을 꽂는 햇살 아래
작은 종 받쳐 들고
줄기줄기 바깥세상 엿탐하는
별인지 널뛰는 소녀인지
가늠 못 할 저 아양

기다가 서다가
가지마다 제 입김 불어 넣어
시린 시간 속아
화르르! 가슴 열고
작은 머리 웃줄웃줄 흔들며
연주하는 어린이 합창단

차가운 바람 불어도
고운 선율 무반주로 울려 퍼져
금빛 거리공연 한창이다

꽃 덤불
힘찬 합창 소리에
나뭇가지도 숨을 멈춘 채

조심조심 손을 모은다

물은 흐르고
새는 울고
해는 타오르고
어린 소녀들은 몸을 구부려
꾸벅꾸벅 인사를 하고
예배당엔 작은 종소리 탕탕 울린다

나비

귀한 이름
나비
두 쌍의 날개가 있다는 것을
너 아니

깊은 산속
나비 한 마리
고요하던 풀꽃들이
떠들썩해진다
오직 나에게로 오라고

색깔
모양
동맥과 정맥의 떨림

그러니까 너
아주 오래 전부터
날아오고 있었던 거지
수런거리며 나에게로

금세 시 한 편
뜨겁게 핀다
꽃잎 속 떨림

비 젖은 꽃잎의 투정

봄비가 와서 좋기는 해

오고 또 와서 더 좋기는 해

알고 보면 나는 가녀린 꽃

당신은 웃지 않는다

내 고통의 숨소리마저 외면한 듯

나는 몸이 꽃이기도 해

수술자국 꺼내놓은 봄 바람을 간음하고

밑바닥을 알 수 없는 곳으로 얼굴을 묻기도 해

옷 색깔 조합표를 참고로 코디하고

햇볕 쨍하게 받아 마음이 흔들린 날은

살짝 붉은 기도로 안정을 취하기도 해

튜닉과 망토도 걸치고

맨살 보일 듯 말 듯 드러내어 하늘 향해 눈웃음치고 애교 떨며

세상을 유혹하기도 해

비바람에 너울너울 엎드렸다 일어섰다 도깨비춤을 추기도 해

별들은 쉼 없이 태어나고 죽고

세상에 날개가 되지 못한 것들은 비바람에 부표도 없이

추락해

그 사이 오고 가는 말들이 겨울이니 봄이니 여름이니 온도

차가 심하고

북상하는 꽃 소식으로 세상은 시끄럽다 못해 멀미까지 해

엎드린 땅 위에 질긴 숨 떨어져

차가운 눈물로 미완성 시를 쓰기도 해

시작도 끝도 알 수 없는 초록이 태어나는 서걱이는 소리

앞 꼭지에서 뒤 꼭지까지 부풀어 오를 때

문 열려 있는 시간으로 뱀은 땅을 들추고 돌아왔지만

스며든 빗물과 꽃가루 알레르기에 온 세상이 부르르 몸을
떨기도 해

세상의 시차는 열매 속으로 이를 악물고 들어오고

중부지방의 꽃 피고 지는 방식과 남부지방의 방식은 각각
다르지만

시도 열매도 들어갈 집은 꽃잎이 화르르 허물어지는 시간이
아닐까 해

엄환섭 제7시집
초록인 듯 붉은, 흰 듯 검은 악의 꽃

초판 인쇄 2021년 6월 20일
초판 발행 2021년 6월 25일

지은이 엄환섭
펴낸이 홍철부
펴낸곳 문지사

등록 제25100-2002-000038호
주소 서울특별시 은평구 갈현로 312
전화 02)386-8451/2
팩스 02)386-8453

ISBN 978-89-8308-564-1 03810

값 10,000원